のんびりVRMMO記 8

ALPHA LIGHT

まぐろ猫@恢猫

Maguroneko@kaine

主な登場人物
Main Characters
´ェ`
メイ
二足歩行の羊の魔物。
身の丈《たけ》より大きな
ハンマーが武器。
～w～
リグ
可愛《かわい》らしい蜘蛛《くも》の
魔物。ツグミの
フードの中が定位置。
ツグミ（九重鶫《ここのえつぐみ》）
本編の主人公。25歳。
双子《ふたご》の妹達の親代わりで、
ゲーム世界では生産職に。
ヒバリ（九重雲雀《ここのえひばり》）
双子の姉。13歳。
活発な性格で、
幽霊《ゆうれい》以外は怖《こわ》いものなし。

小桜＆小麦
にゃんこ太刀《だち》に宿《やど》る猫又のペット。
小桜（白）と小麦（黒）で一心同体。
ヒタキ（九重《ここのえ》鶲《ひたき》）
双子の妹。13歳。
あまり感情を表に出さないが、
実は悪戯《いたずら》っ子。
ミィ（飯《いい》田《だ》美《み》紗《さ》）
双子の幼馴染《おさななじみ》。13歳。
外見に反し、戦闘大好きの
ハードゲーマー。

火曜日の朝。

目覚《めざ》めた俺──九重鶇《ここのえつぐみ》はさっと身支度《みじたく》を整《ととの》えて、キッチンで3人分の朝食を作り始めた。

しかし料理が完成しても、双子《ふたご》の妹達である雲雀《ひばり》と鶲《ひたき》がまだ起きてこない。いい加減呼びに行こうとしたら、いつもより慌《あわ》ただしい足音が2階から響いてきた。

あ、やっぱりちょっと寝坊したか。取り返しのつく時間だから、別にいいけどな。

「ごめんちょっと寝坊した！　おはようつぐ兄《に》ぃ！　部活に遅《おく》れてでも朝ご飯は食べるよ！　元気の源《みなもと》は朝食から！」

「おはよう、つぐ兄《にい》。少し夜更《よふ》かしし過ぎた、自分で起きられるって言ったのに……反省」

「おはよう雲雀、鶲。反省してるならいいさ。ほら、早く食べないと本当に遅刻《ちこく》しちゃうぞ」

いつでもどこでもどんなときでもそれなりに元気な雲雀と、今は対照的にちょっぴりしゅんと落ち込んでいる鶲。

俺だって寝坊の1つや2つや3つや4つくらいするし、気にするなと言って、テーブルに料理を並べた。

雲雀の言うとおり、朝ご飯を食べないと出るものも出ないからな。あ、元気や力の話だぞ。

ちなみに、いつも大袈裟《おおげさ》な雲雀は俺のことを「つぐ兄ぃ」と呼ぶ。そしてやや感情の薄い口調《くちょう》の鶲は「つぐ兄」と語尾《ごび》を伸《の》ばさない。

明るく食べ始めた雲雀と鶲を見て、俺もゆっくりと料理に箸《はし》を伸ばす。

急ぎながらもきちんと噛《か》んで食べる2人に満足して頷《うなず》いていると、鶲が夜にやる予定のゲーム――VRMMO【REAL《リアル》&MAKE《メイク》】の予定について話してくれた。

その内容は、王都から「世界樹の聖域」まで長距離《きょり》を移動するから多めのプレイ時間を取りたい、でもゲーム開始時に約束した時間以上は無理を言わない、とのこと。

それなら俺はなにも言わない。楽しみにしていると告《つ》げて、雲雀と鶲を学校へ送り出した。

遅れないよう全力でダッシュする2人を玄関で見送って、若いっていいなぁ、と呟《つぶや》く俺。

さて、切り替えよう。手を抜いてたりもするけど、主夫だって忙しいんだ。


「……ええと、なにしようかな」


ドタバタと2人を送り出したことで、ちょっと気が抜けてしまった。

とりあえずやらなければいけないのは、食べ終わったあとの片付けかな？

その後は洗濯《せんたく》、そして最近見ないフリしていた親父の書斎《しょさい》の風通し。そろそろ布団も干《ほ》したいよなぁ。

「おぉ、やっぱり忙しい」

俺は運動がちょっぴり苦手《にがて》だけど、家事で身体《からだ》を動かすのは得意だ。家事で動いている方が性《しょう》に合っている。昔、『家庭科の授業で生き生きする男』という称号をもらったくらいだからな。

さて、さっそくやるとするか。

まずは食器を洗って次は洗濯物。いい天気だったから洗濯物と一緒に布団も干して、書斎の窓を開ければ完璧《かんぺき》だ。

昼食は適当にあり合わせで用意し、主婦向けのワイドショーを見ながら食べる。

テキパキしているつもりでも、結構時間が経《た》ってるなぁ。

「夕飯、なににしようか悩《なや》むな……」

あまり役に立つとは思えないワイドショーを見ながら、今日の夕飯に思いを馳《は》せる。これは毎日続く、永遠の課題ってやつだよな。

ウンウン唸《うな》っていると不意に玄関のチャイムが聞こえた。なにも頼《たの》んでないから、なにも来る予定はないはずなんだけど……。

まぁいい。待たせるのは悪いので素早く立ち上がり、とりあえずハンコを持って玄関へ。

ドアを開けると、いつもの配達員さんが重そうな段ボールの箱を持って立っていた。

俺は慌てて印を押し、荷物を受け取った。

このずっしり感は俺には荷が重い気がするが、どうにかリビングに運《はこ》んでいざ開封。


「……うわ。これは、なんとも」


思わず声を漏《も》らしてしまった。誰が送ってきたのか先に確認してから開けば、少しは心構えが出来たのかもしれない。

送り主は親父で、段ボールの中身は、ぎっちりと隙間《すきま》なく埋《う》め尽《つ》くされたうどんだった。

なんでこれを選んだ親父、とか、こんなにどうするんだよ親父、とか、いろいろ言いたいことはあるんだけど……。ええと、ま、まぁ、ありがたい……か？

とりあえず報告がてら母さんにメールを送り、キッチンの床下収納へ押し込んだ。これくらいの量を入れても、満タンにならないだけのキャパシティがあるから安心だ。

さすが母さんが設計にこだわっただけはある……まぁ、ほとんど俺が使ってるんだけどな。ははははは。

「今日の夕飯はこれ使って作る……ん？　メールの返信早っ」

5分も経《た》たないうちに母さんから返信が来て、思わず声を上げてしまう。情けない声が誰にも聞かれなくてよかった。

気を取り直してメールを見ると、簡潔《かんけつ》な文が一行。

『近所の福引きで当たったからお裾分《すそわ》け♥』

詳《くわ》しく聞くと、福引きで当たったうどんを俺達に送る際、親父の名を騙《かた》ったらしい。理由はその方が面白《おもしろ》そうだから。

あ、はい。としか言いようがない。ありがたいけど。

「……いや、こんなことしてる場合じゃない」

俺はささっと段ボールを畳《たた》み、目立たない場所に片付けた。

我《わ》が自治体では、資源ゴミは月に1度しか回収しないんだよなぁ。まぁそれも置いておき、俺はそろそろ乾《かわ》いているだろう洗濯物を見に行く。

布団も干していたので取り込みやらなにやらに時間がかかり、あたりが薄暗くなってくるころにようやく終わった。

ホッとしたのも束《つか》の間、すぐに思い出す。親父の書斎の窓も閉めないと。

雲雀と鶲が帰ってくるのは時間の問題だし、早く夕飯を作らないとな。まだまだ一息入れるのは無理そうだ。

「今日はさっきのうどんで簡単に……とは言っても、栄養バランスも考えて」

そんなことを口にしながら手を動かし、もう少しで出来上がりというタイミングで、雲雀と鶲が帰ってきた。

今日は部活であまり汚《よご》れなかったようで、すぐにお風呂！　とはならず、うどんが伸びずに済みそうだ。よかったよかった。

お腹《なか》を盛大《せいだい》に鳴らした雲雀のためにも、俺は素早く料理を並べ席に着く。使いかけの食材などを入れた、野菜と鶏肉たっぷりうどんだ。

麺《めん》を啜《すす》りながら、今日の出来事を2人に話した。

「へぇー、ほんっと運いいよね、お母さんって」

「ん。その代わりお父さんは貧乏《びんぼう》くじを引くタイプ。足《た》して2で割ればちょうどいい」

「うんうん、そうだねぇ～」


ああ、そう言えばそうだった気がする……と意識を軽く飛ばす。俺達の両親も本当にキャラが濃《こ》いんだ。気にしたら負けだな。

結論を言うと、とても満足できる夕飯だった。野菜やら鶏肉をたっぷり入れたおかげで、すごくボリュームがあった。

天ぷらうどんは……次の機会に取っておこう。あと、カレーうどんも捨てがたいよな。

夕飯を食べ終わると、雲雀と鶲がソワソワしだす。これももう見慣れた光景だ。

でも、すぐにゲームではなく、一休みしてお腹をこなしてから。

まぁその間に俺はいろんな用事をすませちゃいたいんだけど、それはご愛敬《あいきょう》ってことで。


「はいっ、つぐ兄ぃのヘッドセット！」

用事も終わりリビングへ行くと、ゲームの用意を済ませた雲雀がヘッドセットを差し出してきた。

それを受け取り、ソファーのビーズクッションの隣《となり》に腰掛け、目の前にいる雲雀と鶲に視線を向ける。彼女達が準備万端だと言わんばかりに頷くと、俺も軽く頷き返して、ヘッドセットを被《かぶ》りボタンを押した。

さっそく遠退《とおの》く意識に身を任《まか》せる。次に目を開けたら、あのファンタジー世界が広がってるんだろうなぁ……。

今日から旅に出るというが、なにか乗り物に乗るのだろうか。移動ばかりになるとしても、それはそれで楽しみだ。

◆◆◆

ふと目を開くと、見慣れた噴水《ふんすい》広場の光景が広がっていた。ここ王都ローゼンブルグとも今日でお別れかと思うと、ちょっぴり寂《さび》しさが……。

でも、なにかあればまた来ればいいし、ポンッと便利な移動手段が開発されるかもしれない。だから気にしたら負け。

そう思いつつ、リグ達を喚《よ》び出すべくウインドウを開く。

「んん〜、今日から強行軍だぞぉ」

「ヒバリちゃん、それは違う。まったり無理のない旅。だから予約を木曜日の夜にした」

「あ、そっか。無理はよくないもんねぇ」

と、その前に双子が現れて話し出した。

うん、リグ達を出すのはベンチに行ってからでいいか。今は楽しそうにお喋《しゃべ》りしている2人を連《つ》れ、早めに噴水の前から移動することの方が大事。ここは混雑《こんざつ》して邪魔《じゃま》になるからね。

いつも通りベンチに座ったらペット達を喚び出す。

元気に飛びついてくるリグ。俺の足にヒシッと抱《だ》きつくメイ。音もなくベンチに上がり、隣に陣取《じんど》る小桜と小麦。

な、なんかモテモテな気分を味わえてお得感が半端《はんぱ》ない。一言で言うなら最高だ。

「さてさて、お喋りはこれくらいにして……って、基本的に私がお喋りしてるんだけどね。とにかく、ギルドに行って馬車がないか見てこようか！　なかったら徒歩《とほ》だよ！」

「徒歩でも大丈夫な距離。ギルドには、クエスト受ける程度の気軽さでいい。まったり進行」

気分を切り替えた様子のヒバリが小麦を抱いで立ち上がり、ヒタキが続いた。

「あぁ、じゃあ行くか」

俺も立ち上がる。

一応朝早め（ゲーム時間）のログインを心がけているんだけど、ちょうどいい馬車があるかは運次第ってやつらしいからな。

そして道中で魔物を狩《か》るかもしれないし、クエストは受けておいた方がいい。

そう言えば、双子の幼馴染《おさななじみ》の飯田美紗《いいだみさ》ちゃんは、運がよければって言うか、母親の早苗《さなえ》さんが許可してくれたら、明後日《あさって》の木曜日にログインできるそうだ。

早苗さんは美紗ちゃんがゲーム好きなのを知っているし、きっと許可してくれるだろう。たとえ渋《しぶ》っても、美紗ちゃんはなにがなんでもログインしてくるに違いない。俺の勘《かん》がそう告げている。

大量の荷物を抱《かか》えて行き交《か》う人々の合間《あいま》を縫《ぬ》い、俺達はギルドへやってきた。今日はいつもより少し早い時間なので、ギルドの中はプレイヤー、ＮＰＣ《ノンプレイヤーキャラクター》かかわらず冒険者が多く混雑している。

幸運にもクエストボードの前は割りと空《す》いていたので、俺はヒバリ達と馬車護衛《ごえい》関連のボードへ向かった。

「……ええと、北だけど、海を船で行くから……」

馬車の行き先は様々、募集《ぼしゅう》理由も様々。俺はどれを選べばいいのかと視線をウロウロさせてしまう。

すると、いつの間にかヒタキが1枚のクエスト用紙を持っており、微《かす》かに笑《え》みを浮かべて差し出してくれた。

「ツグ兄、これ。目的地までは行かないけど、近くの街に行く。だからこれが一番いい」

「お、おう」

まだまだ勉強中&妹に構ってもらいたい病なので、ちょっと安心しつつクエスト用紙を受け取り、ギルドの受付へ向かう。

ちなみにヒバリが静かなのは、俺と同じくさっぱり分からないからだと思われ……。

「ええと、以前の馬車と同じ乗り方で大丈夫みたいだな。出発時間も、あと1時間弱余裕があるから……」

意外と混んでいなかったので、素早く受付を済ますことができ、俺達はギルドを退出した。いつまでもいたら邪魔だろうからね。あ、ちゃんと魔物退治の依頼も受けているから安心してほしい。

それにしても、中途半端《ちゅうとはんぱ》に時間がある、って言うのも悩みものだなぁ。とりあえずビールならぬとりあえずベンチ、と言うことで、俺達は広場のベンチにドッカリと座った。

ゴブリンやらオークやらのキングと戦ってもよかったんだろうけど、思わぬアクシデントがあるかもしれないのでお休み。

このままのんびり待つ？　どうしよう？　と話していると、いきなりヒバリが思い立ったように立ち上がり一言。

「ギルドルームの内装とか見よう！」

「「それだ！」」

小麦を抱いたヒバリの言葉に、俺とヒタキは声を揃《そろ》えて賛成した。俺はメイ、ヒタキは小桜を抱え立ち上がる。

他にやらないといけないこともあるかもしれない。でも、これだと思ったら一直線なのが俺らだもんな。

いったんメイをベンチに座らせ、俺はルームクリスタルを取り出そうとインベントリを開いた。

俺のインベントリは雑多《ざった》なアイテムのせいか、相《あい》も変わらずごちゃっとした印象を受けてしまう。

整理整頓《せいとん》してこれだからどうしようもないな……。

悲しい現実から目を逸《そ》らしつつ、ルームクリスタルを取り出した。

それで次は……次はどうしたらいいんだ？　教わるのを忘れてたな。

ルームクリスタルを手に悩んでいたら、ヒタキが懇切丁寧《こんせつていねい》に教えてくれた。

ええと、簡単にまとめると、各自がクリスタルを持って、ギルドルームに行きたいって念じればいいらしい。

集中するために目を閉じて、ギルドルーム、ギルドルーム、ギルドルーム、ギルドルームっと。

「ど、どう……？　お？　おぉっ？」

恐る恐る目を開くと、なにもない見知らぬ空間に投げ出されていた。

隣にヒバリやヒタキ、リグ達もきちんといるから取り乱したりはしなかったけど、周りをキョロキョロしてしまう。

これはまるで……ええと、なんだったっけ？　ゲームの最初にキャラクターメイク？　した部屋のようだ。

「あ、そう言えばまだ手つかず。初期外観《がいかん》、内装、決めるんだった」

「あ～、そうそう。ツグ兄ぃ、今回のギルドルームでも、私達が最初キャラメイクしたときみたいに、初期設定が必要なんだ。施設やらなんやらはお金かかったりするけど、今の私達には関係ないから置いとくね。さっさと決めちゃお～！」

「お、おー？」

言ってることがなんとなく分かる気もするけど、お兄ちゃんはとりあえずヒバリのテンションに合わせることにする。

ええとこう、手を振ったらウインドウが出てきた。

それを見て、まずどんな感じのギルドルームにするか……都会風、田舎《いなか》風、ギルド風、カントリー風、王都風、洞窟《どうくつ》風、わぁ……。

いろいろと種類が多くてやや引き気味になる俺。それに対し、ヒバリとヒタキは大興奮の様子。

華美《かび》になりすぎても落ち着かないだろう。洞窟とかは……どうなんだ？

ちょっと気になったけど、最終的に俺は邪念《じゃねん》を振り払って田舎風のログハウス建築を選択した。

すると瞬《またた》く間にポンッと目の前に現れたので、はいはいさすがゲーム、と言っておく。

「柵《さく》があってその中にログハウス。あぁ、小さいけど家庭菜園できる花壇《かだん》みたいなのも……」

外観を眺《なが》めながら俺が独《ひと》りごちていると、ワクワクした表情のヒバリとメイが話しかけてくる。

「ツグ兄ぃ、中に入ってもいい？」

(＊＞ェ＜)

「めめっめ！　めぇめぇめ！」

「ふふ、知っていても楽しみなものは楽しみなのだよ」

ヒタキもどこか楽しそうな雰囲気《ふんいき》をまとって一言。

「あぁ、分かってるよ。中に入ろうか」

俺も気になっていたし、さっそく入ってみよう。木の温《ぬく》もりってやつを堪能《たんのう》だ。

ちなみに、建物《たてもの》が出来た途端《とたん》に空間が四角く切り取られ、柵の外へは1歩も出られなくなった。

その設定を変更することも可能らしいが、今の俺達にはどうしようもないから放置。

空間の際《きわ》の画像は平原、かな？　青空が綺麗《きれい》だしあまり狭《せま》さは気にならない。

ログハウスに入ってみると、ちょっとこぢんまりとしてるかな、と感じたけど、しっかりとした造《つく》りだった。10畳《じょう》程度のリビングルームがひとつ、3～6畳程度のベッドルームが5部屋、キッチン、トイレ、お風呂場……などなど。

ヒバリとヒタキは、初期状態だから寂しいねぇ、なんて言うけど、床下収納や薪《まき》ストーブもあるし、お兄ちゃんは結構気に入ったぞ！

部屋の窓は大きめに取られているから光がよく入ってくるし、床下収納は我が家と同じくらい広々している。

もう少しいろんなところを見て回った方がいいかもな、ということで、一通りギルドルーム内を探検してみた。

キッチンやリビングルームには、本当に必要最低限の家具しかなかった。不便だけどこれはこれで好きなものを追加できるからいいかも。

逆に言えば最低限のものは揃《そろ》っているので、暮らそうと思えばすぐにでも暮らせるってことだし。今はさほど考えなくてもいいけど。

「……ん？　これ、ギルドマスターって彫《ほ》り込まれてるのか」

さっきは気づかなかったけど、3～6畳くらいの部屋の扉に、それぞれ名前が彫られていた。

一番大きな6畳の部屋には俺、5畳の部屋にはシノ。3畳の部屋がふたつあり、一方にヒバリとヒタキ、もう一方にミィとルリ。

そして残りの1部屋は空欄《くうらん》だった。

……3畳に2人は狭くないか？　2段ベッド？　本当に寝るだけの部屋って感じだな。

ヒバリとヒタキが、「3畳のベッドはワンタッチで折りたためる！」と、楽しそうにしていたから、まぁいいか。

俺の大好きな収納は、各部屋も床下が主流っぽい。うん、まぁスペースが少ないから仕方ないかも。

廊下《ろうか》の一番奥には扉があって、そこを開けたら家の裏側に出た。

さて、割りと時間を食ってしまったのでそろそろ馬車に乗りに向かわないと。

最後にギルドルームの外観を眺め、ヒバリとヒタキが楽しそうにお喋り。

「むふふ〜、自分達だけの家ってなんだかワクワクするよねぇ」

「ん。魔物の素材を納品してポイント貯《た》めて拡張《かくちょう》するか、お金を貯めて開発するか、好きなお店から家具買ってくるか、考えるだけでも楽しいね」

ギルドルームを手に入れたおかげで、野宿？　なにそれ？　って状態になれたらしいから、旅がもっと楽しくなること請《う》け合《あ》いだ。

ヒタキの言っていた「拡張」や「開発」は、落ち着いたら考えよう。今必要なものを用意できるわけがないし。

っと、だから時間時間。

俺はウインドウの隅《すみ》に表示された時間を見て、気を引き締《し》めた。

ヒバリとヒタキは自身でギルドルームを出られるからいいとして……いやよくないけど。

とにかく、リグ、メイ、小桜と小麦もちゃんといるな。

ペット達は、忘れたらここに置いてけぼりらしいから要確認。たとえ一瞬のことだとしても、忘れられるのは悲しすぎるだろ。

来たときと同じように、ルームクリスタルを持って戻れ、戻れ、戻れ、戻れ、と念じると、すぐに元の場所、噴水広場のベンチに戻ることができた。

リグ達がいることを確認し、俺達は馬車の待つ門の方へと足早に歩いていく。

歩きながらヒタキに聞いたんだけど、異空間にあるギルドルームをこの世界に出現させる方法もあるとか。面白いよな。

やがて、多くの馬車が見えてきた。

「ええと、頭上のアイコンは……あ、あれかな？」

クエストの依頼主である証《あかし》、明滅《めいめつ》するアイコンを確認して、ヒバリとヒタキに視線を向ける。

2人は身長が低いからよく見えないらしく、残念そうに首を横に振られてしまった。

実は俺もこのゲーム世界——ラ・エミエールでは低い方なので、ちょっと気持ちが分かるぞ。

「すみませーん。馬車を予約した冒険者ですけど～」

どうにか馬車の前に着くと、ヒバリが御者《ぎょしゃ》に話しかける。

俺もインベントリから、クエストを受けた証である木片を取り出した。こういう手順を統一してくれているから、分かりやすくて本当に助かるな。

無事手続きを終え、俺達は馬車内の扉に近い場所を陣取る。冒険者はいつでも魔物や盗賊と戦えるよう、扉の近くにいるのがお約束ってやつだ。

この馬車を引くのは、現実世界の輓馬《ばんば》よりさらに一回りも二回りも大きい馬だった。

それに頼もしさを感じつつ、出発するまで他愛のない会話をして時間を潰《つぶ》す。

あ、そうそう。やっぱり馬車の御者席に蜂蜜《はちみつ》鬼神《きしん》対策のハチミツが置いてあって、俺ちょっと笑っちゃうかと思ったよ。どうにか耐《た》えたけど。

やがて出発の時間になったのか、御者のおじさんが御者台に乗り込んだ。

「あ、そろそろ出発するみたいだね」

「ん。今回の馬車は遅くても夕方までに目的地に到着する。小さめの街に着いたらギルドルーム行けば万事ＯＫ」

双子の会話を聞きつつ、俺はすっと姿勢を正《ただ》した。

魔物や盗賊に襲《おそ》われる可能性は低いとはいえ、きちんと警戒《けいかい》はしておかないとな。まぁ、ちゃんと座ってないと馬車の振動で落ちるかもしれないっていうのが、一番の理由だったりする。

馬車ってスピードもパワーもあるので、サイかゾウがずっと走っているようなものだ。たまに俺達の乗っている馬車を見つけて走り寄ってくる魔物がいたけど、追いつけなかったり前に飛び出して撥《は》ねられたり。

ヒタキ先生の講義によると、この大型馬の先祖は人と共生関係を築《きず》く以前、単騎でオーガと渡り合うくらい気性《きしょう》の荒い馬だったそうな。

今でこそおっとりした個体が多くなったけど、元々の戦闘能力が高いから、馬車を引くのに適役らしい。ほ、本当に馬なんだよな？

まぁでも、なんにだって弱点はあるから俺達冒険者がいるんだけど。

「ふんふんふ～んふん、順調、順調、順調♪」

なにごともなく順調に進んでいく馬車と、どこか音程のズレたヒバリの鼻歌。あ、もちろんうるさくないように小声仕様《しよう》だ。

俺は安全な旅に感謝しつつ、窓の外の景色を見ようとした。しかしスリガラスのようになっていて、よく見えないのは残念だった。

長時間揺《ゆ》られ、痛くはないけど気になってしまい何度目かの身じろぎをし、暇《ひま》を潰《つぶ》すためメイの背中を撫《な》でておく。

周囲が薄暗くなり、前に座る人が船を漕《こ》ぎ出したころ、ゆっくりと馬車が止まり御者のおじさんが皆に聞こえるよう口を開いた。要約すると、「ここで降りるやつは降りな」だな。

「ツグ兄、私達はここで降りる」

「あぁ。ヒバリ、転《こ》けないようにゆっくり降りるんだぞ」

「ぬぇっ、だっ、大丈夫だしぃ」

お節介《せっかい》かもだけど、注意しておいて正解だった。今にも飛び出しそうになっていたから、危《あぶ》ない危ない。

それにしても、完全に暗くなる前に着くことができて、お兄ちゃんはとても嬉《うれ》しいよ。

降りた場所はヒタキの言うとおり、本当に小さめの街だな、としか表現できなかった。まぁ、俺達にとって不都合がないから構わないけどさ。

暗くなってきたけど、だんだんと灯《あか》りも増え、危ない雰囲気はない。っと、人の往来《おうらい》の激《はげ》しい場所で立ち止まり考え事なんて、「やっちゃいけないことトップ10」に入る危険行為だ。早くここから離《はな》れよう。

「噴水はないけど、女神様《めがみ》の像があるからそこに行くといい」

「女神様の像は基本、どこにでもあるもんね～。たまに生存競争に負けちゃって、ない場合もあるみたいだけど」

「ふふ、それは言わないお約束」

狭い街なので、そんなに歩くこともなく中央広場にたどり着いた。お決まりのベンチがないので立ったままだ。

俺はヒバリとヒタキの楽しそうな会話には加わらなかったが、聞こえてきた内容にうんうん頷いてしまう。

周りをキョロキョロと見渡していたヒバリが、ハッとなにか思いついたような表情になり、自身のインベントリからルームクリスタルを取り出した。

「んん～、街の宿よりギルドルーム！　と言うわけで、さっそく私のお家《うち》に帰ってみよ～！」

「お～」

(>ェ<*)

「めめっめ、めぇめ」

それに便乗《びんじょう》したのがヒタキとメイ。ヒタキも嬉しそうに、自分のクリスタルを取り出した。いや、うん、こうなることはなんとなく分かってたよ。

俺もギルドルームのキッチン周りをもう少し調《しら》べたかったから、ヒバリの提案を否定する理由はない。

インベントリから例のブツを取り出し、3人でひたすらお祈りタイム。

どのくらい念じればいいのか、もしかして1度でいいのか。いずれ分かる日が来るさ。多分。

とりあえずいい感じに祈れたようで、無事に2度目のギルドルームへ行くことができた。

移動したギルドルームは真昼のように明るく……って、これは前回とまったく変化がない。

もしかして昼夜を変化させるのにも開発とやらが必要なのか？

そう思った俺はヒタキを見た。彼女が小さく頷いてくれたので、以心伝心《いしんでんしん》だな、と内心苦笑《くしょう》する。

「わぁ～い、お家だお家だ！」

「ヒバリちゃん楽しそうで、私も楽しい。あとでルリちゃん達にも、ルームが使えるって伝えないとね」

「あ、うんっ。そうだね」

双子が楽しそうに話しながら、小桜と小麦も入れるよう、玄関のドアを開けたままにして入っていく。

俺もメイと手を繋《つな》ぎ、気持ち足早に中へ。木の温もりが感じられるのはいいと思うんだけど、やっぱり少し殺風景《さっぷうけい》だなぁ。

インベントリにある端布《はぎれ》でキルティングやクッションみたいなのを作って、うまく誤魔《ごま》化《か》せるといいな。急ぎでもないし、いろいろと考えてみよう。

家具選びは……また今度ってことで。

こぢんまりとしたリビングルームに来た俺達は、それぞれ椅子《いす》に腰掛けた。

椅子は4つしかないけど、俺、双子、そしてメイの分だけで十分だ。

リグは俺の頭に乗っているし、小桜と小麦は大きめの出窓に飛び乗り、そこで寝転がっている。光が当たっており、ぽかぽかと暖《あたた》かそうでなにより。

「ツグ兄ぃがギルマス権限で見れる、【設備一覧《いちらん》】も使えるけど、まずやるとしたら探検だよねぇ～！　さっき一通り回ったけど、細かいところまでは見られなかったし！　うひょ～楽しくなってきた行ってきます！」

ほっこりしていたらヒバリがいきなり立ち上がり、マシンガントークを披露《ひろう》したかと思うと、あっという間に走り去ってしまった。

危ないことなどないので放っておくとして、俺もキッチンまわりの再確認をしよう。

眠《ねむ》たそうにしていたリグとメイを、小桜と小麦のいる出窓に置いて、ヒタキを伴《ともな》いキッチンへ。

出窓の快適化は最重要課題だとして……ヒバリについて行かず、俺と一緒に来たヒタキの真意とは。まぁ、なんとなく予想できるけどな。

◆◆◆

2人でやってきたキッチンは、1人で動くなら不自由ない程度の広さ。

広々キッチンに慣れている俺からすると、ギリギリ及第点《きゅうだいてん》、かなぁ。

食器棚に床下収納、壁《かべ》にある取っ手を横にスライドさせたら、食料などを保管する小さな部屋も現れた。その部屋に反応したのがヒタキで、珍《めずら》しく目を輝かせ頬《ほお》を紅潮《こうちょう》させる。

「ん、ファンタジーに食料庫は必需品《ひつじゅひん》。とても心が躍《おど》る」

「ははっ、気に入ったみたいだな」


興奮するヒタキに笑いながら言葉を返し、戸棚《とだな》のひとつひとつを開けたり閉めたり。

少ないスペースでも最大限の収納能力を、という工夫が見受けられて、俺もまぁ満足かな。

キッチンの造りは現代風だけど、火や水を使うにはMPが必要らしく、ゲームっぽさを醸《かも》し出している……ような気がする。

あまりファンタジーが過ぎるのも不便だし、というヒタキの談《だん》。なるほど。

そうしてリビングルームに戻ろうとした瞬間、「ぴぎゃーっ!」という、ヒバリのよく分からない叫《さけ》び声が響き渡った。

いったいどうしたんだ。

魔物とか不審者《ふしんしゃ》が入ってくる心配はないとはいえ、急いで声のした方へ向かう俺達。

ヒタキを先頭に、扉の開いている部屋——3畳くらいの2人部屋に着くと、仰向《あおむ》けの状態で床に転がったヒバリがいた。

……本当に、なにをしたらそうなるんだ。


「ヒバリちゃん、大丈夫? どこ、とは言わないけど」

「ううっ、ゲームだから痛くないけど、痛い気がする……」

ヒタキがグサリと心に刺さる言葉を投げかけるのを横目に、俺は２段ベッドに目を向けた。

布団がズレ落ちている。きっとここから落ちたのだろう。

でも、ヒバリはもう２段ベッドではしゃぐような年じゃないし……いや、分からないけどはしゃがないと信じたい。

あ、ええと、もしかしてあれか？　ふとベッドから視線を上げてみると、俺が両手で抱えられるかどうかの太い梁《はり》があった。

もしかして、キャットウォークみたいな梁に興味を抱いて、どこまで巡《めぐ》っているのか確かめたくて、乗ろうとしたら手を滑《すべ》らせたとか？

恐る恐るヒバリにそう尋《たず》ねてみたら、満面の笑みで頷かれた。

「……次梁に乗ったら、ヒバリはしばらくオヤツ抜きだからな」

「し、しないよっ！」

心の中でこの罰はどうなんだ？　と思いつつ、案外効《き》いているようなので良しとしよう。

扉や壁に邪魔されず部屋の行き来ができるから、小桜と小麦のためになら、梁にちょっと手を加えてもいいかもな。

　さて、朝まで時間はたっぷりあるから、リビングルームに移動してくつろぎたい気分。

「ん、リグ達すやすや」

「ポカポカしてるからよく寝てる。あー、クッションとか欲しくなるね。魔物倒してじゃんじゃんお金稼《かせ》がないと！」

「ヒバリちゃん、無理は禁物《きんもつ》」

「おうとも！　無理してツグ兄ぃに怒られたら怖《こわ》いもん」

「ん」

　リビングルームでのヒバリとヒタキの会話に、えー、と思ってしまったのは内緒。

　楽しそうな2人は置いておき、俺はウインドウを開いてゲーム内の時間を確かめる。もちろん、現実の時間も余裕があるからご安心を。

　朝までの時間を利用して、俺はインベントリから端切《はぎ》れを取り出し、適当に縫い合わせていった。

　せめて背もたれのついた椅子が欲しいよな、と痛くもない背中をさすったり。

　チクチク縫ったのはいいけど、綿《わた》がないことに気づく。端切れを細かく裂《さ》いて入れてもいいけど、リグ達のためにもこだわりたい。

そんなこんな考えていたら朝になったので、作業はここまで。いつの間にかリビングルームからいなくなっていたヒバリとヒタキを探すため立ち上がった。

2段ベッドに興味津々《しんしん》だったから、部屋にいるかと思ったが姿はない。他の部屋にもいないから、必然的に外だよな。

いったんリビングルームに戻り、リグ達に話してから外へ出た。


「あ、ツグ兄ぃ」

「……草毟《くさむし》りしてるのか」

「ん、いつでも家庭菜園できるように。えっへん」

「えっへんへん」


地面にしゃがみ込んでいるヒバリとヒタキが顔を上げた。なぜか胸を張って、手にした草を見せてくる。

確かに、家庭菜園を始めるならこの雑草は抜かないとダメだな。お世辞《せじ》にも綺麗なお庭とは言えない。ここに来たとき少しずつやるか。

朝になったからそろそろルームから出ることを告げ、俺は2人の横で軽く山になっている雑草を持ち上げた。隅の方に積《つ》んでおけば、乾いていい具合になってくれるはず……と祈っておく。

他に雑草が残ってないことを確認し、リビングルームの方を見ながら言う。

「よしっと。あとはリグ達を忘れないようにしよう」

「ん、今日は街から船に乗るところまで歩く。お昼過ぎぐらいには目的の場所に行ける、かも？」

「街道《かいどう》から外れなきゃお散歩気分でいいもんね。むふ、リグ達のお迎《むか》えに行ってくるよ～」

ヒタキが自身のウインドウを開き、地図を見せてくれた。

画面の下方には「始まりの街」アースがあった。思えば遠くまで来たものだ……が、まだまだゲーム世界は広い。

ヒバリがペット達を迎えに行ってくれたので、俺は地図を前にしみじみしてしまった。

少し待つと、ヒバリがリグ達を抱えて運んでくる。

それがなんだか面白い格好だったので、ヒタキと一緒に微笑《ほほえ》んで和《なご》む。例えるなら、私がこの野菜を収穫《しゅうかく》しました！　って感じでペット達を抱えていたんだ。

両腕の塞《ふさ》がったヒバリが閉められなかった玄関のドアは、ヒタキがスッと静かな動きで閉めていた。さすがアサシン志望。

リグ達もヒバリもヒタキも、もちろん俺だって用意は済んでいるので、あとは戻れ戻れと念じるだけ。何回もやれば慣れるもので、すぐに見覚えのある広場に帰ることができた。

邪魔にならないよう空《す》いている場所へ移動してから最終確認。しつこいくらいの確認が、いつか身を助けてくれることもあると信じて。

「ん、用事の前日に着いておくのは乙女《おとめ》の嗜《たしな》み」

「そうかなぁ～？　でも、早めの行動は大事だよね！」

「さて、行くか」

ヒタキやヒバリと話しながら集落の外へ。リグはフードの中にいて、メイは俺の隣、小桜と小麦は双子の隣を歩く。

しばらく舗装路《ほそうろ》を進んでみても魔物が遠くに見えるだけで、いたって平和な散歩風景だった。行き交う荷馬車や冒険者が多いからだろう。

ついでにできることと言ったら、道端《みちばた》に生《は》えている薬草や香草類を毟《むし》るくらい。あまり時間を取り過ぎると目的地に着くのが遅くなってしまうから注意な。

【新鮮《しんせん》なキャラウェイ】

通常より状態がよく、価格も少しだけ上がる。ビタミン、ミネラルが豊富で若葉をサラダに、大きく育った葉は炒《いた》めものにすると美味《おい》しい。果実はケーキやサラダに。


「お、これは持ってないやつ」

「うぅ、どれも同じ草に見える。さっぱり分かんない」

いつもの薬草かハーブが多いけど、新種も手に入れられて満足。

隣では、俺の手元を見ながらヒバリが難《むずか》しい顔をしていた。俺だって説明画面を見ないと分からないからなぁ。

とりあえずヒバリの頭を撫でて慰《なぐさ》め、採集《さいしゅう》したものをインベントリにしまう。ついでに足元にぎゅっと抱きついてくる可愛《かわい》いメイの頭も撫で、俺達はまた歩き出した。

やっぱり魔物は遠くにしかおらず、なんともお気楽な散歩旅になって……って、安心安全が一番だからこれで良し。

「……む、時間的にそろそろ見えてもいい頃合い。海はあっちだから」

「へへ、海で泳いだりもしてみたいよねぇ～。魔物もいるけど、魚系だったら倒して焼いて食べちゃえばいいし～」

ヒタキはウインドウを開いて地図の確認を怠《おこた》らず、ヒバリは海や海産物に思いを馳せる。

そんなバランスの取れた姉妹に心の中で惜《お》しみない拍手《はくしゅ》を送りつつ、２人より高い身長を生《い》かしてヒタキの示す方向を眺めてみた。あ、ヒタキの言うとおりだ。

「エメラルドって感じではないけど、綺麗な海が広がってるぞ。あと見えるのは、集落っぽいのと、港っぽいのと、デカい船」

俺が言った途端に２人は表情を輝かせ、小麦と小桜を抱き上げる。

あ、今にも走り出しそうな雰囲気がひしひしと。俺の足ではついていける自信がないけど、できるだけがんばってみるか……。

俺は隣を歩いていたメイを抱え、覚悟を決めて双子の方を見た。

するとヒバリが元気よく「安心安全の早歩きだよ！」と。あ、はい。

ゲームだから体力の心配はないけれど、運動神経は別問題。いつも運動しているヒバリとヒタキにやっとのことでついていく。

運動がちょっぴり苦手でも、他に誇《ほこ》れることがあるから気にしない……。

そんなことを考えていたらヒバリの歓声が聞こえて、俺は意識を戻した。

「うわぁ、湖で乗った船よりおっきい〜！」

ヒバリが大きな船を見上げている。結局10分くらいでたどり着いてしまった。

ヒタキも、黙《だま》ってはいるものの目を輝かせていた。

しばらく3人で船を眺めていたが、ここが集落の入り口だということにハッと気づく。

邪魔になる場所に屯《たむろ》するのはいただけない。

誰も見ていないのをいいことに、俺達はスッと表情を戻して集落の中に入っていく。

そこは見た感じ、ごく普通の集落といった印象だった。

穏《おだ》やかな空気が流れており、ゆっくり過ごすには最適だと思われる。船の乗り場があるのでどんどん発展するのかもしれないが、それはそれでいいかもな。

他の街と同じく中心には広場が設《もう》けられており、とりあえずそこで一休み。

真ん中には噴水の代わりに、ヒバリやヒタキくらいの大きさの石像が置いてあり、花壇のようなものにグルッと囲まれていた。石像は女神像で、多分エミエール様なんだろうけど、お世辞にも似ているとは言いがたい。

そんな広場の柔《やわ》らかい芝生《しばふ》に腰を下《お》ろし落ち着いていると、ヒバリが口を開いた。

「えっとぉ、自前のギルドルームがあるから宿探しはいいとして、時間はまだいっぱいあるから、んん～」

両脚の間に陣取ったメイの頭を撫でつつ、俺は悩む彼女を眺めるだけ。一生懸命《いっしょうけんめい》考えてるんだから、口を出さない方向で。

たまに突拍子《とっぴょうし》もないことを言ったりするから、お兄ちゃんは楽しみだったりする。

「ヒバリちゃん。海が目の前だから、海系の面白いこと、探したらいいと思う」

「あっ、そっか～。そうだね、ありがとひぃちゃん！」

「ん」

ヒタキが悩めるヒバリに助け船を出した。

具体性はあまりないけど……まぁ皆で考えればいいか。お兄ちゃん的に、２人が仲良しなことがとても嬉しい。

明日も平日。ヒバリとヒタキは学校だから、そんなに遅くまでゲームできないからな。

遊ぶのはまた明日にして、今回はブラブラだけにしよう、ということになった。

立ち上がって服を払い、どちらへ行こうかとあたりを見渡す。

船着き場は航海の準備なのか、人が荷物を持って忙《せわ》しなく行き来しているからちょっと危ない。

かと言って、集落内にはヒバリ達が楽しめそうなものがない。ううん、悩ましい。

「あ、すみませ～ん。このあたりに美味《おい》しい魔物って出ますか～？」

聞き方がヒバリらしいけど、尋ねられたNPCさんはかなり困惑していた。

そりゃそうだ。でも、ノリのいい人だったらしく指を差しながら教えてくれている様子。

「美味しい魔物」って、魚とか海藻《かいそう》とか？

とても嬉しそうに表情を輝かせたヒバリが帰ってくると、よくやったという意味を込めて軽く頭を撫でた。

カツオなら1匹捌《さば》いたことあるし、今回もがんばろうと思うよ。美味しい料理を家族に用意するために。

「えっとね、向こうの方に入り江《え》？　みたいな浅瀬《あさせ》？　っぽい潮《しお》だまり？　があるから、遊ぶならそこがいいって」

「……ん、潮だまりは小さなカニや小魚がいるから、現実世界《リアル》でも子供達の格好の遊び場」

「むぅ。子供でも、魔物だって倒せるんだけどなぁ～。でもでも、カニとか魚とか楽しみ！」


楽しそうに話すヒバリにヒタキが応じた。

「子供」という言葉に少しばかり頬を膨《ふく》らませるヒバリだったが、すぐに笑みを浮かべた。

小さなカニや小魚は素揚《すあ》げでも十分美味しい。善は急げと、俺達は目的の場所へ歩き出す。

目的地へは2～3分でたどり着くことができた。目と鼻の先ってやつだな。

海は透明度《とうめいど》が高く、かなり先の海中まで見ることができた。遠浅《とおあさ》で波も穏やかだが、所々にごつごつした岩が転がっており、泳ぐのはどうかなぁという感じ。

何人か人がいるけど、結構沖の方だから邪魔にはならないと思う。

小桜と小麦は濡《ぬ》れるのがそこまで好きじゃないので、水辺からやや遠目《とおめ》に。同じく濡れたくない派のリグは、俺の頭上から高みの見物って感じだな。

メイは濡れるのを気にしないので、ヒバリとヒタキの側《そば》にいた。

「ヒバリちゃん。こういう岩のくぼみにある潮だまりに、逃げそびれがいる。一網打尽《いちもうだじん》にして私達の糧《かて》にしたい」

岩が削《けず》られて出来たくぼみにヒタキ達が向かったので、俺も慌てて追いかける。

「おぉ、カニさんこんにちは！　美味しい食材になってね！」

(>ェ<*)

「めめっめめぇめ」

どうやら小さなカニを見つけたらしい……と思っていたら、ヒバリがいきなり手刀を振り下ろし、それが寸分違《すんぶんたが》わずカニの甲羅《こうら》にヒットする。

するとヒタキが勢いよく振り返って、滅多《めった》に見せないいい笑顔で報告してくれた。

「……笑顔でカニにチョップ。カニは無事アイテムになった」

「お、おぅ」

彼女は両手でハサミの形を作り、2度ほどチョキチョキ。た、楽しそうでなにより。

ヒバリが渡してくれたカニをインベントリにしまい顔を上げると、彼女は次なる獲物《えもの》を求めてもう岩場へと戻っていた。

そんな、一回一回持ってこなくても……別にいいけど。

潮だまりで遊ぶヒバリ達を横目に見ながら歩いていると、ヌルッとした感触《かんしょく》がして俺は足元を凝視《ぎょうし》した。

「お？　これ、岩海苔《いわのり》ってやつか？」

モサモサしていかにも美味しそうな岩海苔だ。しかし、頭にリグが乗っていることを忘れ、前屈《まえかが》みになったのがいけなかった。

(>w<；)
「シュ？　シュ〜、シュ！　シュシュ〜！」

「お、おぉおぉっ、リグ！」

(；w；)
「シュ〜シュッシュ」

いきなりのことにバランスを崩《くず》したリグが、海へ落ちてしまった。

俺は慌ててリグを引き上げ、フードの中に戻して一息。水深が数センチしかなくてよかった。

い、いやなじけんだったね……。

ヒバリ達は相変《あいか》わらず楽しそうにしている。

俺はインベントリから空《から》の水筒《すいとう》を取り出し、岩海苔をこそぎ取って詰《つ》めていく。これで料理を作ったら、真っ先にリグへ献上《けんじょう》するからな。

たくさん採《と》っても使い道に困るかもなので、この水筒に入るだけにしておく。


【栄養満点な岩海苔】

ミネラルたっぷり海の恵み。佃煮《つくだに》にするも、お煎餅《せんべい》の隠《かく》し味に使うのも思いのまま。ある地方では、真っ黒で不気味《ぶきみ》に揺《ゆ》らめくことから「悪魔」と呼ばれているが、美味しく食されてもいる。


説明文を見ると、これまた個性的な文章だった。

でも岩海苔の佃煮って、確かにたまに食べたくなるよな。お米もあるから今度作ってみようか。

何度整理してもぎゅうぎゅう詰めになってきてしまうインベントリに、岩海苔水筒がきちんと収納されたことを確認したら作業完了。

フードから出て、また頭に上ってきたガッツ溢《あふ》れるリグの背中を撫でつつ、少し離れた場所にいるヒバリ達の元へ。

「あっ、ツグ兄ぃ！」

双子が潮だまりから顔を上げて……って、ヒバリよ。ゲームの仕様で下着が見えないからって、堂々とスカートをたくし上げて、海産物置き場にするのは……。

「ん、ツグ兄。なんかやってたけど、いいものあった？」

「いいもの……かどうかは分からんけど、岩海苔だな。佃煮にでもするよ」

表情を輝かせて「佃煮！」と叫んだヒタキに、俺が毒気《どくけ》を抜かれたのは言うまでもない。

その後もしばらく遊んでいたら、いつの間にか……もうお昼前ってところか？
ウインドウを開けば正確なゲーム時間や現実《リアル》世界の時間が分かるけど、その必要はない。
とりあえず、遅くならないようログアウトして寝ないとな。ヒバリとヒタキは学校があるからね。

「今日の海遊びは突発だったけど、明日はちゃんと調べて、美味しい魔物とか狩りに行きたい！」
「ん、寝る前に調べよう。明日に支障《ししょう》が出ない程度に」

海辺から集落に戻る道すがら、ヒバリがグッと拳を握《にぎ》って言い、ヒタキが力強く頷いた。

俺も「支障が出ない」って言葉を信じて頷いておこうかな。遊ぶのはいいけど、体調に支障が出ちゃいけない。2人は成長期でもあるし、「無理はダメ、絶対」ってやつだ。

やがて集落の中に入り、小さな女神像のある広場に着いた。さっきより人が多い。この人達は寄港《きこう》している船の関係者だろうか。

15歳以下の子を連れている時点で少なからず目立つんだが、冒険者の数も多いので、まだましだと思う。心持ちだけど。

「……よし、今日はもうログアウトしよう！」

芝生の隅っこに座ってすぐ、ヒバリが良い案を思いついた！　とばかりに笑顔を見せてくれた。さっき調べ物が、って言っていたので、この流れも少しは予想してたけど座ってすぐか。

これが現実だったら、顔を背《そむ》けて聞こえないフリをしてしまいそうだ。お兄ちゃん実はちょっと腰が重いからな。

俺が遠くを見るような目をしたことが分かったのか、ヒバリは指遊びしながら視線を逸らし、乾いた笑みを浮かべて何度も頷く。

「す、座ったばかりで悪いとは思うけど、今日はもうやることも思いつかないから。だからね、うんうん」

「ん、ヒバリちゃんの意見に賛成。面白いこと言えないから出直すのはいい案。お笑い担当としては致命的《ちめいてき》」

「お、お笑い担当……」


ヒバリの言葉が途切《とぎ》れると同時にヒタキが突《つ》っ込《こ》んだ。その発言自体が面白かったので、俺は思わず復唱《ふくしょう》してしまう。ヒバリだってキョトンとしてるじゃないか。

ま、まぁ、本人の自己申告は置いておこう。ヒタキは面白いことが大好きだから、あながち間違ってない。

さて、そうと決まったらさっと立ち上がる。

ここでログアウトして大丈夫、だよな？　一応、像のある広場だし。

あまり魔物と戦ったりできなくて、構ってあげられなくてごめん、とリグ達を撫でてから、ウインドウを開いて【休眠】にする。

明日もそうだけど、明後日の出航時はてんやわんやしそうだなぁ……いや、まだ来ていないの日のことを心配するのはやめておこう。ええと、フラグになってしまうんだった。

「じゃあ、ログアウト」

双子にやり忘れがないか確認し、俺はウインドウを開いて【ログアウト】ボタンをポチッと。

すぐに意識が遠《とお》のく……と言うより、遮断《しゃだん》されると言った方が近いか？

この感覚がダメな人もいるらしいけど、幸いなことに俺は大丈夫。

◆◆◆

目を開くと見慣れた自宅のリビングでホッとする。

帰ってこられないなんてあり得ないけど、少しだけ想像しちゃうというかなんというか。

そんなことを考えていたら雲雀と鶲も起きてきて、いの一番に伸びをする。それ、すごい気持ちいいよな。

「んん～、まずお風呂入っちゃおうかなぁ」

「それはいい案。お風呂は明日への活力にもなる」

「そうだねぇ。あぁでも、これ片付けないと！」

起きた途端に2人で話し出した。

俺はそれに参加せず、脱《ぬ》いだヘッドセットをテーブルの上に置いて立ち上がる。

ゲームの片付けは雲雀の言うとおり彼女達の仕事なので、俺はキッチンの流しに浸《つ》け置きしておいた食器を洗うことにした。

食べてすぐ浸けたし、そこまで頑固《がんこ》ではないはず。中身はうどんだったし。

そのとき、リビングの扉を開く音が聞こえた。

リビングを覗《のぞ》いてきちんと片付けが済んでいるかを確認し、それからエプロンを手に取って気を引き締める。

食器に傷をつけないようにしながら手早く洗っていると、不意に俺の携帯《けいたい》が鳴り響いた。

メールだったのでそのまま食器洗いに集中。

携帯が鳴ってから5分くらいで洗い終わり、手を拭《ふ》いてエプロンを所定《しょてい》の位置に戻し、携帯を持ってソファーに座った。

「……ええと、なになに」

【差出人：母】
【宛先：九重鶫】
【件名：近いうちに帰ることが決まりました〜！】
【本文：とは言っても、金曜の夜に帰って、日曜のお昼頃に出るんだけどね。具体的なことが決まったらまたメールします。追伸《ついしん》——携帯は携帯してないと意味ないよ、つーくん】

「嵐《あらし》がやってくるのか……」


突然のメールに戦々恐々《せんせんきょうきょう》とした俺は、メール画面を閉じて携帯をテーブルの上へ。

いつの金曜かは分からないが、今月中でないことは確かだ。それだけは確信できる。

そして、なぜ携帯を放置していることがバレた……。

俺は昔から携帯を携帯しない子だったから、それを見越《みこ》しての追伸《ついしん》かもしれない。とりあえずポケットに入れておくようにしよう。

お風呂から上がってリビングに来た雲雀と鶸に、母さんのメールのことを話したら、久々に会えると、とても嬉しそうでなにより。

湯冷《ゆざ》めしないうちに2人を部屋に行かせて、俺も戸締《とじ》まりやゴミ集めを終わらせ、風呂に入った。

楽しそうな話し声が聞こえる双子の部屋の前を通って、自分の部屋へ。

パソコンのメールを確認してからベッドに入り、携帯を手に取って母さんのメールに返信する。忘れてたわけじゃないから安心してほしい。

「これ、親父も帰ってくるんだろうか？」

ふと、そんな予感が口をついて出た。

雲雀と鶲を徹底的《てっていてき》に可愛がるだけならいいけど、親父はちょっとうざ……違う、愛がうるさいんだ。久々に会うときのことを考えると、諦《あきら》め半分、嬉しさ半分。

携帯を枕元に置き、俺は布団を被った。

明日も主夫をしないとだからな。主夫は体力勝負なところもあるし。さて、寝よ寝よ。

R&M攻略掲示板

【ロリコンは】LATORI【一日にしてならず】part7

（主）＝ギルマス
（副）＝サブマス
（同）＝同盟ギルド

1:かなみん（副）
↓見守る会から転載《てんさい》↓
【ここは元気っ子な見習い天使ちゃんと大人《おとな》しい見習い悪魔ちゃん、生産職で女顔のお兄さんを温かく見守るスレ。となります】
前スレが埋《う》まったから立ててみた。前スレは検索で。
やって良いこと『思いの丈《たけ》を叫ぶ・雑談・全力で愛《め》でる・陰《かげ》から見守る』
やって悪いこと『本人特定・過度《かど》に接触《せっしょく》・騒《さわ》ぐ・ハラスメント行為・タカリ』
紳士諸君《しんししょくん》、合言葉はハラスメント一発アウト！
ギルマスが立てられないって言ってたから代理でサブマスが立ててみたよ。上記の文、大事！　絶対！
・
・
・

書き込む　全 部　＜前100　次100＞　最新50

R&M攻略掲示板

762:夢野かなで
今日も今日とて１日の疲れをロリっ娘《こ》ちゃん達の見守りで癒《い》やして参りまっしょい。明日への活力源は、ここに……！

763:黒うさ
>>756　とりあえず、前にも話題になってたかもだけど初心者は鈍《どん》器《き》が一番だよ！　撲殺《ぼくさつ》天使の知り合いがいるから間違いない！

764:かなみん（副）
何人か新しいギルメン選んだので、次の掲示板になるちょうどいい感じで加入してもらうね。みんな、仲良くしてね～。

765:焼きそば
北の試《ため》される大地……。野菜とか美味《おい》しそう。

766:プルプルンゼンゼンマン（主）
>>759　え、俺この間当たった変装セット初級編装備《そうび》して船に乗るつもりだよ？　ロリっ娘ちゃん達にとって俺達はモブ、彼女達が途《と》方《ほう》もない困難《こんなん》に当たってしまったときだけ少しだけ手を貸す。貸せたら良いな、的な。俺達は紳士だから！

書き込む　全部　＜前100　次100＞　最新50

R&M攻略掲示板

767:ナズナ

>>756　武器が下手《へた》なら魔法でいいと思う。今は必中扱《あつか》いだからMPとスキルがあればある程度楽しい、かも？　多分ないとは思うけど、マニュアル操作《そうさ》きたら悲しみの大河に沈《しず》むことになる。

768:空から餡子《あんこ》

ジャガイモ、中世、ジャガイモ警察、うっ頭が……！

769:もけけぴろぴろ

新人さんかぁ～。かなみんの隣《となり》でチラッと申請者見せてもらったけど、めっちゃ個性的な名前多くね？　って感じ。さすが紳士！

770:白桃

船から海釣《づ》りしてもいいって書いてあったから、ちょっと奮発《ふんぱつ》して釣《つ》り竿《ざお》買っちゃった。これならリヴァイアサンは無理でも、シーサーペントくらいなら大丈夫。美味しいの釣れたら良いなぁ。

771:iyokan

>>764　うわぁ～い、ロリコン同志が増えるぞ！　ロリッコチャンタチカワイイヤッター！

書き込む　全部　＜前100　次100＞　最新50

R&M攻略掲示板

772:つだち

とりあえず、幼馴染《おさななじみ》に鈍器の魔法使いオススメしとく。みんな相談に乗ってくれてありがとー。

773:さろんぱ巣《す》

>>768　そいつらどこにでもいるな。出来ればジャガイモより魔法とか魔物とか、そっち突《つ》っ込《こ》んでほしい。

774:ちゅーりっぷ

みんな先回りの馬車が来たぞー！　のりこめー！

775:甘党

ロリコンはこのギルド、ショタはあっちのギルド、っていつか言われるようになるんだろうか……。り、理想郷か……！

776:こずみっくZ

>>774　わぁい＾＾

・

・

・

書き込む　全部　＜前100　次100＞　最新50

R&M攻略掲示板

819:わだつみ

船でっけぇ～！　豪華《ごうか》客船かよ！　見たことないけど！

820:密林三昧《みつりんざんまい》

乗り物酔《よ》いに効く薬、薬屋の婆ちゃんから買ってきた。これで思い込み酔いも大丈夫、だと思いたい。これはゲームゲームゲーム。

821:中井

>>810　無理はよくないよ。のんびり一緒に行こう。

822:ましゅ麿《まろ》

ある程度の露払《つゆはら》い、ってか無駄《むだ》に強い敵は普通にいないか。この前、蜂蜜鬼神《はちみつきしん》が暴《あば》れてたもんなぁー。とおいめー。

823:黄泉《よみ》の申し子

あれ、本当に女神《めがみ》像かよ。ギルドのポイントけちったな。うちは巨乳好きな奴らが教会にあるのと同じ女神像用意してたから、あれ見慣れたらなぁ。でも実は効果が一緒。

824:氷結娘《ひょうけつむすめ》

料理買い込んじゃった。王都の料理に慣れたら他行くのやんなっちゃうかもー。でもロリコンだから居着くのは無しー。

書き込む　全部　<前100　次100>　最新50

R&M攻略掲示板

825:sora豆
>>816　それは、本当か？　……ごくり。

826:餃子《ぎょうざ》
まだ集落の規模だけど、来月くらいには海洋都市まで発展してそう。安全かつ確実に海を渡れるって、魔物の多いここではめっちゃ強みだからなー。新鮮《しんせん》な魚、お刺身《さしみ》、タコ、イカ、ウニ、じゅるっ。

827:コンパス
運がよければ人魚とセイレーンが歌ってるとこ見れるらしいね。楽しみにしておこーっと。心躍《おど》る。めっちゃｗｋｔｋ

828:魔法少女♂
うーん、やっぱガラ悪そうなの多いナ☆☆★　目を光らせねば！

829:かるぴ酢《す》
>>817　あ、それは結構です（真顔）

830:黒うさ
楽しそうにしてるロリっ娘ちゃん見てると幸せになる。こっ、これが母性……！　性別違うけど。

書き込む　全部　＜前100　次100＞　最新50

R&M攻略掲示板

831:ナズナ

割りとうちのギルド、ガチ派とほどほど派とうぇーい派に綺麗《きれい》に分かれてるよね。ちなみに自分はうぇーい派だぞ☆

832:もけけぴろぴろ

>>820　ぬしも一緒に歩きで行こうず。無理はよくないよ。

833:iyokan

>>823　こだわれるもんはこだわりたいもんなー。ってか、よくあの石像と天秤《てんびん》にかけられたもんだ。ぷんぷん。

834:さろんぱ巣

海は冒険心がくすぐられる。財宝探しに行きたくなる。

835:こずみっくZ

あ、そろそろロリっ娘ちゃん達が集落つくぞー。

836:わだつみ

>>828　もっちもちのもちろん！

837:NINJA（副）

見てて飽《あ》きないのがこのギルドのいいところでござるよ。

書き込む　全部　＜前100　次100＞　最新50

R&M攻略掲示板

・

・

・

899:中井

>>887　さっそく行ってくる！　大量のワカメを薄い頭の君に！

900:黄泉の申し子

海は小さいころ流されたって親が言ってた思い出しかないや。けっこう沖まで流されたとかなんとか。

901:sora豆

磯遊《いそあそ》びするロリっ娘ちゃん……！

902:コンパス

肌とか露出《ろしゅつ》系は鉄壁《てっぺき》ガードあるからなんとも言えないなぁ。そりゃ成人してるからアダルトパッチとかあるけどもぉ～。自分、まだかわい子ぶりっ子したいからノーコメントで！

903:かるぴ酢

>>885　ここで食べられるからって現実でも食べられる！　って思っちゃダメだからな！　アレルギーなめたらダメだからな！　早まるんじゃないぞ！　おじさんとの約束だからな！

書き込む　全 部　＜前100　次100＞　最新50

R&M攻略掲示板

904:夢野かなで

花より団子のロリっ娘ちゃん達可愛《かわい》すぎると思いませんかー！　あんなに美味しい料理を作るお兄ちゃんいたら、食に貪欲《どんよく》になるよね！　分かる！　私もお兄さんの料理のおこぼれ欲しいー！

905:焼きそば

>>888　実況見ちゃうよね。あの双剣士プレイの人マジうま。わかりみが深い。ま、ここのスレにいる人達もやばいんだけどな。

906:空から餡子

見渡しがいいとロリっ娘ちゃん達に気づかれず見守るの、ちょっと難《むずか》しいよね。がんばっても無理なら諦《あきら》めてスレ見るぉ。

907:白桃

あー我らが崇《あが》めるはロリ神なりー。

908:つだち

潮《しお》だまりで遊んでたロリっ娘ちゃん達は眼福《がんぷく》なりー。

909:ちゅーりっぷ

>>900　離岸流《りがんりゅう》とか怖《こわ》いから気をつけないとね。

書き込む　全部　<前100　次100>　最新50

R&M攻略掲示板

910:甘党
みんなー、ロリっ娘ちゃん達が広場でおろおろしてるー。モブに自身ある人達はそこらに散《ち》らばってくつろごーぜー。

911:密林三昧
ちょっと外《はず》れたところに魚人がポップする洞窟《どうくつ》あるから刺身を目当てにごっそり狩《か》ってくる！　刺身好き！

912:フラジール（同）
>>901　ＳＳを……！　ＳＳをお恵みください……！
ついしん、ほんきにしないでください。とうさつははんざいです。

913:ましゅ麿
さっきも言った気がするけどのりこめー＾＾

914:氷結娘
さっきも言った気がするけどわぁい＾＾

915:ヨモギ餅《もち》（同）
>>905　わかりみわかりみ。ＮＰＣ《ノンプレイヤーキャラクター》と好んで組んでるプレイヤーさんのとか、初期装備で四苦八苦《しくはっく》するやつとか、建国を目指してる人とか、商人旅の人、シスターになってみたとか！

書き込む　全部　＜前100　次100＞　最新50

R&M攻略掲示板

916:餃子

いつものことなんだけど、ロリっ娘ちゃん達ログアウトしたら自分もログアウトしますねー。

書き込む　全 部　＜前100　次100＞　最新50

いろいろな話題で賑《にぎ》わいつつ、紳士《しんし》達の語り合いは夜が更《ふ》けても続くのだった……。

◆　◆　◆

翌朝、時間通りに起きたら枕元にある携帯のディスプレイが光っていた。

あまり活用されていない俺の携帯にしては、珍しいことである。起床には雲雀と鶲にプレゼントされた目覚まし時計を使っていて、携帯はずっとマナーモードだし。

なんだなんだと寝ぼけ眼《まなこ》で確認してみると、２通のメールが入っていた。

１通目は、俺が寝てすぐに来た親父からのメールで、『お休みもらえるのが楽しみだひゃっはー』といった内容。

２通目は、俺によく仕事を振ってくれる人からで、『手が回らないから助けてほしいへるぷー』といった内容。飛び込みの仕事か？

とりあえず適当に親父のメールに返信してから、ヘルプメールにザッと目を通した。

俺の予定を把握《はあく》してくれている人なのだが、朝の戦争（主夫の戦い）が落ち着いたら返信が欲しいそうだ。つまりは雲雀と鶲を学校へ送り出したらってこと。

それを頭の隅っこに入れ、俺はササッと着替えて、朝食を作るためキッチンへ向かった。

「うどん……は今度にして、パンかなぁ」

一瞬、大量に送られてきたうどんに思いを馳《は》せるも、さすがに連続はちょっとなぁ……と考え直し、そろそろ賞味期限が近くなってきた食パンに手を伸ばした。

一袋分は焼いておいて、もう一袋は焼かずに砂糖《さとう》を振りかけたり、ジャムを塗《ぬ》ったりすればいい。

簡単なコンソメスープくらいは作るけど、他にこれと言ったおかずがないから、２人はいっぱい食べるんだよな。

決まってしまえば後は早い。雲雀と鶲が起きてくる前にと手早く支度《したく》をする。その甲斐《かい》もあって、騒《さわ》がしくなる前に朝食をテーブルに並べることができた。

「おっはよ～、つぐ兄ぃ！」

「あぁ、おはよう雲雀。元気そうでなにより」

お腹を空《す》かせた雲雀が元気よくリビングに入ってきて、くんくん匂《にお》いを嗅《か》ぎながら椅子に座る。

「つぐ兄、おはよう。これ持ってく」

「おはよう、鶲。お、ありがとう助かる」

その後のんびりした足取りで鶲が現れて、俺がテーブルに運ぼうと思っていた食器や飲み物を持って行ってくれた。俺も早く着席しないと。

部活の朝練《あされん》があるから、雲雀と鶲は体操服で登校することが多いんだけど、今日は珍しく制服を着てるな。

「いろんなジャムを持ってきたけど、焼いたやつから食べてくれるか？」

「うんっ、もちろん！　もちもちかりっかりはふはっふ」

「ん、美味しい。つぐ兄、大丈夫。食べ尽くす」

「うんうん！　食べることなら任せろー！」

塗るだけでピザトーストになるやつとか、味のバリエーションが多いから飽《あ》きることはないはず。

ちょっと手抜きかなぁと心配しつつも、雲雀と鶲の食べっぷりを見て安心した。あ、俺も食べないとなくなってしまう。

彼女達には、料理を用意しすぎたという言葉は通用しないのかもしれない。パンをすべて食べ終え、コンソメスープもおかわりしていた。

思わず「大きくなれよ」と言いたくなるお兄ちゃんを許してほしい。

「学校、行ってきます」

「美味しかったよ！　つぐ兄ぃ、行ってきま～す！」

「あぁ、あ！　ちょっと待て雲雀！　口にいっぱいパン屑《くず》ついてるぞ！　……よし、行ってらっしゃい」

「うひゃ～！　ありがと、今度こそ行ってきます！」

いつものように玄関で見送る俺だったが、雲雀の口元に大量のパン屑《くず》がついているのを見て、追いかけて袖口《そでぐち》で払ってやった。

放っておいても鶲が指摘したかもしれない。けど、気づいたらやらないとってな。

恥《は》ずかしそうにしていた雲雀と微かに笑う鶲を改めて見送り、俺は屋内《おくない》に戻った。


「……ええと、電話電話」

リビングのソファーに腰掛けた俺は携帯を取り出す。

朝食の片付けもあるけど、付き合いの関係から、メールの相手を優先した方がいいのは確かだ。

呼び出し音が1コール鳴るか否《いな》や。そんな、なんとも恐ろしい早さで相手が出た……いつものことなんだけどね。

話の内容は、臨時《りんじ》のお仕事ということと、割り増し料金やらなんやらについて。仕事の概要《がいよう》とデジタル契約書もすぐに送られてきた。

「受けてくれる人がいなかったんだ！」と半泣きの相手を宥《なだ》める俺。

収入に安定性がないというデメリットがあるけど、普通の会社員は仕事の合間に洗濯機を回せないから、俺はフリーランスが天職だって思ってる。

知っているか？　とても元気で運動部の子供はな、女の子男の子関係なく、たくさん服を汚す！　元気な証拠《しょうこ》だし、双子が楽しそうだから俺も喜んで洗濯するけど。

「あ、親父の書斎であれ探すか。それに夕飯なぁー」

いろいろ考えつつも、きっちり手だけは動かして主夫業をこなしていく。一見難しそうかもしれないけど、長年培《つちか》った勘でどうにかなるもんだ。

洗濯機を回して、親父の書斎で仕事に使う資料を探し、夕飯の献立《こんだて》を考えていると、みるみる時間が過ぎ去っていく。

夕飯は丼物にしよう。熱々ご飯の上に、軽く塩こしょうで味付けした野菜炒めと、冷蔵庫に残っているお肉を甘辛《あまから》く味付けしたものってところか。

こういう一品物もなかなか。俺、丼物好きだからなぁ。

あぁそうだ。これ以後の夕飯はしばらくうどん系でもいいか、2人に確かめておこう。

久しぶりに飛び込みの仕事が入ったけど、それ以外は思った通りの順番で家事を進められた。

仕事のひとつであるデータ入力が一段落して、キッチンで夕飯の準備をしていると、勢いよく開かれたドアの音と、元気な妹達の聞き慣れた声が聞こえてくる。

「お、ちょうどいい時間に帰ってきたな」

「ただいま～、つぐ兄ぃ！　いとしのおゆ～は～んっ！」

「つぐ兄、ただいま。今日はがっつりもりもり系？」

「お帰り、雲雀、鶫。あぁ、今日はがっつりもりもり丼系だよ」

一気に賑やかになったリビングに俺は少し嬉しくなりつつ、雲雀と鶫の問いかけに答えた。さっぱりした料理もいいけど、運動したあとはガッツリ食べたくなるよな。

喜んでくれた2人に、まだ完成しないから、と言ってお風呂を勧《すす》める。仲良く入ってくれ。

ヒバリとヒタキが上がってくるまでを目標に、俺は夕飯の仕上げに取り掛かった。

そこまで難しいものじゃないから大丈夫。タマネギとワカメの味噌汁《みそしる》を作って、あとは配膳《はいぜん》するだけだ。


「うひょ〜美味しそ〜！」

「雲雀、鶲、これ持ってって」

「ん、任せて」

風呂上がりの雲雀と鶲に料理を運ぶよう頼み、俺は飲み物とコップを持ってテーブルへ。

自画自賛《じがじさん》になってしまうけど、食欲をそそられる美味しそうな料理が出来たと思う。

椅子に座ったら一斉に「いただきます」。

俺は食べながら2人に話しかける。

親父達が近々帰ってくるかもってことと、あと、夕飯がしばらくうどんでいいかってこと。俺的には、2つ目の質問が一番大事な気がしている。

「おっけぇー」という軽い返事にホッとしつつ、俺は食事を再開した。うん、うまい。

丼を空《から》にして、味噌汁を飲みきり、ガッツリ盛り盛《も》り系の夕飯が終わった。

ほどよく冷やされた飲み物を飲んで一息入れていると、楽しそうな表情を浮かべた雲雀と鶲が近寄ってくる。

昨晩はがんばって調べたみたいだし、今日のゲームの予定のことだろう。そんな2人に俺もちょっとワクワクしてきた。

「ふっふっふ、つぐ兄ぃもお楽しみみたいだねぇ」

「ん、皆で楽しむのはとてもいい」

「お楽しみのつぐ兄ぃには、可愛い妹2人の考えた今日の予定を聞いてもらっちゃうよ。むふふ、ひぃちゃん」

俺の気持ちが伝わったのか、それはそれは素敵な笑顔で双子が声を掛けてくる。

雲雀が目配《めくば》せすると、鶲が適当なＳＥを口ずさみつつ、小さな紙を1枚取り出した。

「ん、ばばん」

多分これが予定表だろう。んー、雲雀と鶲は紙にメモをするのが好きだなぁ。

仰々《ぎょうぎょう》しく紙を受け取った雲雀は大きな声で、「今日はガチ散歩と、できればレベル上げします」と言った。

あんなに楽しそうに自室で話し合っていたのに散歩？　とか、明日からの船旅が本番みたいなものだからか？　とかいろいろ思ったけど、２人がいいって言うなら問題ない。お兄ちゃんは可愛い妹達と遊べて満足だし。

俺達はいつものように、夕飯の片付けとゲームの準備に分かれ、５分とかからずに、あとはＲ＆Ｍにログインするだけとなった。

各々《おのおの》ソファーの所定の位置に着いて、クッションをいい場所へ置き、ヘッドセットをカポッと。

「じゃあ、れっつろぐぅい～ん！」

とても楽しそうな雲雀の声。

保護者役である俺が最初にログインしないといけないのに。そんなことを考えながら、俺はヘッドセットのボタンを押した。

あのままログインしなかったらどんな反応をするんだろうか？　しないけど。し、しないよ？

◆◆◆

ラ・エミエールの世界に来て最初に感じたのは、少し強めの風と鼻腔《びこう》をくすぐる潮の香りだった。目の前が大海原《おおうなばら》だからね。

あまり感じることのできない潮風に表情を緩《ゆる》ませ、ヒバリとヒタキがログインしてくるまでの間にリグ達を喚び出しておく。

タイミングよく、リグ達が現れたと同時に２人が現れた。

「んん〜、今日もいい天気！」

「ん、ここは中央部だから天気が穏やか。聖域のある北は寒さが身にしみる。あまり私達に関係ないけど」

ログインしてすぐ身体を馴染《なじ》ませるように伸びをし、楽しそうに話し出したヒバリとヒタキ。

一方の俺は、今日もよろしくとリグ達を軽く撫でていた。スキンシップは大事だからね。喜んでくれるのなら尚更《なおさら》。

準備が出来たら、俺達はゆったりとした足取りで集落の外へ向かった。今日の予定はヒバリの言っていた散歩とレベル上げだけなので、本当にのんびりだ。

ええと、ヒタキ先生が言うには、温暖《おんだん》な場所にしか生えない薬草やハーブを摘《つ》んだらいいかも、とのこと。我らのギルドルームの花壇に植えてもいいし、寒い北国のギルドに売るのもありらしい。

見渡す限りのどかな風景が広がっている。

近くに魔物がいないと分かってはいても、万が一の際はすぐに逃げ出せるよう、茂《しげ》みや森の浅いところで採集。安全大事、絶対。

「北にないのは、あっちに生えてるのとか。あまり強くない薬草でも、ツグ兄がポーションにして合成できる。あっちのとかもいいかも」

雑草と混じって生えている薬草類をしっかり見極《みきわ》めつつ、ヒタキが指で示しながら助言をくれた。

薬草もハーブもポーションも、結構な量を持っている。

でも、備《そな》えあれば憂《うれ》いなしと言うからな。折角《せっかく》だし、新しい合成を試《ため》したっていいはず。

向上心は大事。多分。

「ひょ〜、これイチゴみたいな味がして美味しい！」

(*>w<)

「シュッシュ〜、シュシュ」

(*´ェ`)

「めめっめめぇめめっ」

俺とヒタキの話に飽きたのか、いつの間にかヒバリがそこらで見つけた実を口にしていた。

思いのほか美味しかったらしく、次々と頬張《ほおば》っていき、しまいにはリグ達にも与えていた。

美味しいのならなによりだけど、調べもせず食べるのはどうだろう。毒があったとしても自分で治《なお》せるからいいのか、悩ましいところ。

「……とりあえず、株ごと掘《ほ》ってインベントリにしまおう」

「ん、それがいい」

結論としては、俺とヒタキはヒバリ達を放っておき、薬草やハーブの採集に勤《いそ》しむことにした。

小桜と小麦は寝心地《ねごこち》のよさそうなところで耳を立てのんびりしているので、こちらも放っておく。

【微花草《びかそう》】
薬草のような見た目だが、薄桃色の小さな花をつけるのが特徴《とくちょう》。単品での使い道はほとんどない代わりに、薬草などと混ぜ合わせることにより、その効果を少し上げる。やや見つけにくい。

回復の効果を微増《びぞう》する微花草という大収穫があった。これはギルドルームの花壇で増やさないと。

そろそろ終わろうとヒタキに声をかけて、ヒバリはどうしているかと周りを見渡す。

すると、真剣な表情をして木に巻き付いている蔦《つた》を見ていた。んん？　なんだ？

「ツグ兄ぃ。これ、テレビでやってたあれだと思う。じ、じ、自然薯《じねんじょ》？　長いも？　どうかな？　多分かなり美味しいから、掘れたらすごい収穫だと思う！」

「ん？　自然薯かぁ……」

俺と目が合ったヒバリは、興奮した様子で蔓《つる》を指差し、思いつくままに話した。

自然薯は別名ヤマノイモなんだから、山に生えてるんじゃないのか？　いやいやいやいや、この世界はファンタジー。薬草もあるんだから、自然薯の1本2本くらい生えていてもおかしくない。

とりあえず骨折り損《ぞん》はしたくないので、蔓から等間隔《とうかんかく》に出ている葉っぱを毟《むし》って、説明文を確かめた。

すると「千切《ちぎ》れた自然薯の葉」と出てきたから、目を輝かせるヒバリにゴーサインを出す。とは言っても大したことはしないよ。手で地面を深く掘るだけ。

「ツグ兄ぃに渡せば美味しくなるもんね！　おぉ～いっしぃものぉ～のたっめなぁ～ら、掘る！」

ヒバリはここ掘れワンワン、と言わんばかりの勢いで掘り始め、俺とヒタキは土のかからない場所へ、リグ達を連れて避難《ひなん》。

ゲームのリアリティ設定が低いから汚れないけど、避難しておくに越《こ》したことはない。

こうやって遊んでいるときも、周りに魔物が来ていないかちゃんと確かめているから安心してほしい。ヒタキ大先生が。

「私のＳＴＲ（力）だって飾《かざ》りじゃないぞぉ〜！　そいやぁぁぁ！」

あ、リグ達を撫でながらぼんやり考えていたら。ヒバリの穴掘りがもう佳境《かきょう》に入ったらしい。

すでに下半身が隠れてしまうほど掘り返しており、姿が見えず、元気な声だけがした。

「とっ、とれたどぉぉぉぉ〜っ！」

一際《ひときわ》大きな声が聞こえた。どうやら引っこ抜くことに成功した様子。

歴戦《れきせん》の戦士のような風格《ふうかく》を醸し出したヒバリが、穴から上半身を覗かせて、土のついた自然薯を天に掲《かか》げた。

ヒタキが笑顔で近づいて自然薯を受け取る。土をさっと払い、蔓を根元で切り、俺のところへやってきたかと思うと、まるで献上するように両手で捧《ささ》げ持った。

うむ、よきものを献上してくれ余《よ》も満足じゃ。自然薯を渡された俺は、しっかりインベントリにしまうのだった。

自然薯は俺の手により美味しく調理されることが決定しているが、とりあえず天然の落とし穴と化しているこの穴を塞ごう。

アイテムは時間が経過すると消滅《しょうめつ》し、リアリティ設定でいろいろ簡略化《かんりゃくか》できても、地形に干渉《かんしょう》した場合はそのままらしい。多分……とヒタキ先生の談。

「よしっ、これで埋め終わったぞ！」

掘るのもヒバリなら埋めるのもヒバリ。

作業の終わったヒバリは、手についた土を払うようにパンパンッと叩《たた》いた。設定上ついていないとしても、現実世界の癖《くせ》だからこればかりはなぁ。

そう言えば、いつの間にか太陽が頭の真上近くにあった。時間がそれなりに経っていたようだ。楽しいから気づかなかった。

少し戻れば集落に着くけど、天気もいいし、魔物もスキル範囲内にいないし、ピクニック形式の昼食といこう。

みんな食事が楽しみなので、準備がテキパキと捗《はかど》る捗る。ヒバリとヒタキに布を敷《し》いてもらって、俺はメニューを選ぼう。残り少ないものは食べてしまわないと。

布の上に座り、統一感のない料理を並べていく俺。言うなればインベントリを空《あ》けるための在庫処分だけど、味は保証するので許してほしい。では、いただきます。

「ん～、こっちのお肉は私がもらうよ。小桜と小麦はなに食べたい？　メイも欲しいのあったら言ってね」


(*･ω･)人(･ω･*)


「「にゃにゃんにゃ」」

「こっち、私が食べる。あと、ヒバリちゃんと同じく」


(*>ェ<*)


「めめっめ、めめめめぇめ～」

「あ、あと飲み物か！　お注《つ》ぎしますぜ旦那方《だんながた》、うひひっ」

　ヒバリが変な笑い方をしている。

　会話の中にリグが出てこないのは、俺の足の上にいるから。無視しているわけではない。楽しそうな会話をＢＧＭに、俺はリグの好きそうなものを取って与えていた。

　和気《わき》あいあいと過ごすお昼――魔物を倒すとか、現実世界では味わえない体験をしてもいいけど、こういう日常も大事だと思う。

　さて、半端な量が残ってた料理をあらかた食べてもらったし、いつもパンパンなインベントリが少しは整理された……気がする。

「ぷはぁ～、食べた食べた。ごちそうさまでした！」

「ん、皆大満足で私もニッコリ」

「シュシュッシュ～シュ」

(*＞w＜)

ヒバリがお腹をさすりながら言うと、真顔のヒタキと、楽しそうに身体を揺らすリグが続いた。

メイや小桜、小麦もコクコク頷いており、俺は照《て》れ隠しのため早々に片付けを始める。

「はは、満足ならよかった。料理人冥利《みょうり》に尽きるよ」

いつもさりげなく2人に言われているとはいえ、面と向かって喜んでもらえると嬉しくて、未だに慣れない。慣れなくていいかも？

片付けはすぐに終わり、次はなにをするのか、ヒバリとヒタキの相談待ち。

レベル上げをしたいんだけど、近くに手頃な魔物がいないらしい。まぁ平和なのはいいことだよ、うん。

ふと、遠くから馬車の音が聞こえてくる。なんだ？

目を向けると、荷物を目いっぱい詰め込んだ馬車が集落の中へ入っていくところだった。

積載量《せきさいりょう》はゲームだから無視するとして、護衛の乗るスペースはどこにあるのだろう。謎だ。

「よぉし、ちょうどいい！　あの馬車、行商人？　みたいな感じだと思うから、覗こう！」

「ん、そうと決まったら善は急げ」

面白いものを持ってきたに違いないと、ヒバリとヒタキは目を輝かせている。

今到着したばかりだけど、行って大丈夫かなぁ。商品を持ってきた商人さん、がんば。

とりあえず走ったら危ないと注意し、歩いて集落へ戻ることに。ペット達もちゃんとついてきているので心配はない。

「美味しいものとか、面白いものとかあればいいなぁ〜」

「ん、それは商人次第」

足元に寄ってきた小麦を抱き上げ、ヒバリはまだ見ぬ商品に思いを馳せた。

ヒバリに倣《なら》うように、ヒタキも小桜を抱き上げ、柔らかな毛並みを楽しむように撫で撫で。

2匹ともまんざらではない表情をしている。

俺も……と思ったけど、リグはフードの中にいるし、メイとはすでに手を繋いでいた。

おぉ、無意識のうちだった。

ゆっくり戻ったおかげか、商人は集落の中心にある女神像の前で、すでに荷物を広げているところだった。周りの船乗り風プレイヤーと仲が良さそうなので、顔見知りってところか。

多分必要はないけど物珍しいものが並んでおり、俺達は時間を忘れて眺めていた。

厚手《あつで》の敷物《しきもの》の上に並んだ商品は、雑貨類が多い様子。

すると突然、ゴロゴロゴロゴロとなにかが転がる音が聞こえ、皆が道を開けた。

体格のいいNPCが運んできたのは、ヒバリやヒタキほどもある大きな樽《たる》。一見、日に焼けたなんの変哲《へんてつ》もない樽だけど、なにが入っているのか。

双子はもちろん、俺や周囲の冒険者達も興味津々だ。

『あ、食べ物じゃないですよ。綿《めん》です。南方で生産されたのですが、余ってしまったものをこうやって持ってきたのです。冒険者の方々には無用かもしれませんが、北方なら需要《じゅよう》があるかもしれないので』

「めん……？　あ、綿か」

商人と冒険者との会話で、すぐに樽の中身が判明した。

商人が樽の蓋《ふた》を取ると、みっちり詰まった白い綿が顔を覗かせた。あれ、欲しいなぁ。手を上げるタイミングを計《はか》っていたら、会話していた冒険者が買ってしまい、少し落ち込む。

珍しいものでもないし……と心の中で愚痴《ぐち》っていたら、追加と言わんばかりに再び聞こえてくるゴロゴロ音。商品がひとつだと思い込んではいけない。うん、いい勉強になった。

「あ、綿の樽ひとつください」

これが最後かもしれないので、今度は素早く声を上げた。まぁ、結果的にはあと3樽増えたんだけどな。しかもそれらは売れなかったっぽい……。

生産職以外は使い道がなさそうだから、仕方ないか。

他には特に欲しいものはなく、ヒバリ達を連れその場を離れることにした。

ここは体格のいい人達が多いから危ない。ヒバリやヒタキなんて、当たったら弾《はじ》き飛ばされそうだし。安全第一、家内安全で。

さて、俺のやりたいことは2人も察しているだろうけど、きちんと話しておかないと。

リグ達のためにクッションを作りたいってやつね。もうある程度までは形になっていたし、さっき買った綿を詰めて仕上げれば完璧だ。

2人とも賛成してくれたので、さっそくギルドルームへ行くことに。

ヒタキ先生が仕入れてくれた情報なんだけど、ログアウトするとき、休眠状態にせず、リグ達をギルドルームに置いていくこともできるらしい。

「ふぃ～、なんだか我が家って感じするよね」

ギルドルームに移動した俺は建物をまじまじと眺めた。ヒバリはもう我が家扱《あつか》いをするけど、俺はまだ見慣れないかなぁ。

家は前回と同じ姿を保っており……って、俺達とルリ達しか入れないから当たり前か。

「ん？　あれ、もしかしてルリちゃん来たかな？」

「わぁお、かっわいい～」

足早に中へ入っていったヒタキが指を差して教えてくれた。

リビングルームのテーブルの上には色鮮《いろあざ》やかな花束《はなたば》があった。左右のバランスが歪《いびつ》な蝶々結《ちょうちょ》びのリボンが巻かれ、下に敷かれた包装紙《ほうそうし》には、これまた歪なニッコリマーク。

ヒバリもヒタキもなにも聞いていないようで、ルリらしいと言えばらしいかもしれない。

出窓に縫いかけの布があるだけの状態だったから、ルリも驚《おどろ》いたかもな。あ、ということは、ギルドルームを使えば料理やお菓子のやり取りもできるじゃん。美味しいものは正義。

この花束も本当はドライフラワーにした方がいいんだろうけど、ちょっと難しいので、テーブルの真ん中に置いておく。いろいろと欲しいものが増えていく……。

とりあえず予定をこなそうと思考を切り替え、出窓から縫いかけの布を持ってくる。

綿の入った重たい樽をどこに置こうか悩んでいたら、縫いかけの布をちょいちょい触《さわ》りながらヒバリが言った。

「ツグ兄ぃ、綿詰めるのやらせて〜」

「あぁ、手伝ってくれるなら助かる」

インベントリを使えば重いものでも動かし放題なのを思い出し、自分の隣にドンッと置く。

「ん、私もやる。リグ達は出窓、クッション早く作ってあげたい」

出窓に上がれないメイの手助けをしていたヒタキも参加してくれるようで、これは早く終わりそうだ。

しばらくしたらぺしゃんこになってしまうだろうから、たっぷり綿を入れてもらう。縫うのは少し大変だったけど、概《おおむ》ねイメージ通りのものが出来た。

仲良く日向《ひなた》ぼっこしているリグ達には申し訳ないけど、1度どいてもらって、クッションを敷き詰める。

「ふふ、リグ達嬉しそう。よかったよかった」

(＊>w<)

「シュッシュ〜シュ」

「ふへへ〜、ご機嫌なのはいいことだよぉ」

テーブルに広げた道具類をしまっていた俺の耳に、ヒバリ達が楽しそうな声が届く。お兄ちゃん的にも大満足な結果となった。

あとは家具や小物も欲しいんだけど、聖域に着いたら手に入るだろうか？　まぁ楽しみにしておこう。

「簡単なものを作り置きしておくか。ええと、インベントリ……」

俺は呟きながらインベントリを開いた。別に凝《こ》ったものじゃなくて、クッキーとか摘まめるものでいいかな。俺も割りと思いつきで生きてることを再確認。

俺がなにかを始めようとしていることに気づいたヒバリとヒタキが寄ってきたので、どんなものが食べたいか聞いてみた。

すぐに「肉！」「野菜！」と返事があり、聞き方がよくなかったと反省。

インベントリを見せつつ、この食材で作れる簡単なもの、と尋ねたら、俺の意見と同じ「クッキー！」と返ってきた。やはり兄妹だなぁ、ってなぜか納得。

ルリ達はなんでも喜んでくれそうだから、クッキーでいいか。

そしてルリへの言伝《ことづて》は、ヒバリとヒタキが学校でしてくれることになった。

「んん〜、必要最低限って設備だから、作業場の本格キッチンが恋しくなっちゃうねぇ」

「嘆《なげ》いても仕方がない。のちのち充実させればいい」

「んまぁそうかぁ。そうだよね！」

手伝おうとキッチンまでついてきたヒバリとヒタキがそんな風に話している。殺風景なキッチンが気になってしまうようだけど、これぱかりはどうしようもない。

俺達のがんばりと創意工夫《そういくふう》にご期待ください、って感じか。このキッチンでも料理はできるから、さっそく取りかかってしまおう。

俺はインベントリからスライムスターチやクッキーに混ぜ込む材料を取り出し、作業スペースに広げた。ヒバリとヒタキには、竈《かまど》に火を入れることなど、様々な作業を指示しておく。

あ、水は蛇口《じゃぐち》を捻《ひね》れば簡単に出てくるのか。感動してしまった。

えーまずは生地《きじ》を作るところから……って、もう何度も作ったことがあるから端折《はしょ》ってしまおう。

プレーンクッキーと、ドライフルーツやクルミなどを混ぜたクッキー、ハーブやら茶葉やらを混ぜたクッキーを作っていく。

型抜きはないから、いつもの見慣れた四角形。味はヒバリとヒタキのお墨付《すみつ》きをもらえたので一安心だ。

まず自分達の分を確保して、キッチンに小さめの保存用ボックス？　があったから、余ったクッキーをすべて中へ詰めていく。

「チョコとかあれば最高なんだけどなぁ」

「ん、チョコは至高《しこう》の逸品《いっぴん》。南の方にあるかもしれないから、見つかることを祈ろう」

「だよねぇー。ちょー祈っとく」

リグ達にクッキーを持っていった双子の会話に、俺は無言でうんうんと頷いた。

チョコがあると、お菓子作りのレパートリーがだいぶ広がるからなぁ。欲を言えば、ソース系や出汁《だし》系のバリエーションも増やしたい。

キッチンの片付けも終わり、俺は一息入れるため椅子に座った。すると、待ってましたと言わんばかりに、ヒバリとヒタキが椅子を抱えて両隣にやってくる。

「ツグ兄ぃ、お暇さん〜？」

「あぁ、したいことはやり終わったぞ」

「ん、僥倖《ぎょうこう》。ではでは、少しだけギルドの拡張を」

「……ええと、例のウインドウ開けばいいんだよな」

とりあえずヒタキの言葉に頷き、俺はウインドウを開く。

ヒバリとヒタキが覗き込んできたのを横目に、追加されたばかりの【ギルド】と書かれたボタンを押してみる。

開かれた画面の上部には、【ギルド：06-02399-6】と大きく書かれてあった。

ギルドレベル、ギルド資金、ギルドマスターからの簡単なメッセージを書ける掲示板、ギルド掲示板、ギルドメンバー一覧、ギルド管理……様々な項目があり、目が滑ってしまう。

だが、俺にはヒバリとヒタキ先生がついているので心配なし。

ギルドの拡張ってことは、この中から選ぶなら……ギルド管理……かな？

おっかなびっくりでその項目を押すと、ヒバリとヒタキ大先生が力強く頷いてくれた。

よし、正解。ここからは未知の領域なのでお手上げ。２人と楽しくわちゃわちゃしよう。


「んーと、一番上が、メンバーをギルドに入れたりさよならしたりできるやつ。次は、ギルドを拡張するためのクエストみたいのを受け付けるやつ。次は、拡張するために備品《びひん》の購入《こうにゅう》とか諸々《もろもろ》できるやつ！　ギルド資金があれば、ここから買えるものもあるよ！」

「……だいたい合ってるから大丈夫、ツグ兄。んで、一番最後にあるのはギルドを解散させるやつ」

「ほぉ、なるほど？」

ヒバリとヒタキの説明を聞いて、なんとなぁーく察しつつ、今必要なのは拡張や備品の購入だから……恐る恐るボタンを押すと、納品やら購入の一覧表がズラーッと出てきた。

一瞬真顔になってしまったけど、両隣には頼りになる２人の妹がいるんだ。彼女達に聞けば問題ない。

現状、拡張に必要なポイントを稼ぎやすいのは、俺の料理とかポーションらしい。

手の込んだものの方が効率が良いようで、手に入りやすい素材をそのまま納品してポイント化するのはマズいとかなんとか。

とりあえず、作ってもインベントリで眠っていることが多い、ポーション（＋＋）をいくつか納品してみた。安全第一だからな、俺ら。

しかし増えたポイントは微々《びび》たるものだった。思わずもの悲しさを感じてしまう。ウインドウを覗き込んでいたヒバリが残念そうな声を出す。

「んん〜ん〜ん〜？　なんか、あんまりパッとしないね」

「あー、量が少ないからかもなぁ」

「むぅ、ギルドは大人数でやるもの。いろいろとアレだから」

「アレだからかぁ〜」

ヒタキの解説に頭を抱えるヒバリ。

ポーション（＋＋）ひとつで3ポイント、普通のポーションひとつで1ポイント。

普通に焼いたパンが2ポイントで、なにかを混ぜ込んだパンは1〜3ポイントとまばらだった。

なるほど、手の込んだものほどポイントが増えているのは分かった。

できるだけ採集した素材で作ったものをひたすら納品していけば、いずれはいろいろ拡張できるようになる……かもしれない。魔物を倒すのもいいポイント稼ぎになる……かもしれないから、気長《きなが》にがんばっていこう。うん。

「ツグ兄ぃ、気持ち切り替えてこ」

「ん、のんびりまったり旅するのが私達」

ズラッと並ぶ、拡張に必要なポイントの一覧を見ていたら、ヒバリがにへっと笑いヒタキが頷いた。確かに、俺が気にしたって無駄《むだ》でしかないか。

明日の船旅が楽しみだなぁ、と気持ちを切り替えつつ、ヒバリとヒタキを連れて建物の外へ。

まだもう少し時間があるから、株ごと掘ってインベントリに入れてきた薬草や、ハーブ類などを花壇に植えることにした。

雑草のごとく増えていく生命力旺盛《おうせい》なハーブもあるけど、それは鉢植《はちう》えが手に入るまで保管しておけばいい。

楽しそうに腕まくりをするヒバリとヒタキを見て、俺も負けていられないと腕をまくった。

そして花壇周りを綺麗にしたり、花壇の中にある雑草や小石を取り除《のぞ》き整えていく。あくまで整えるだけだから、無理してがんばりすぎないように。

家の中にシャベルなどの初級農業セットがあったので持ってきて、インベントリから植えたいものを取り出したら準備完了。ヒバリとヒタキへ適当に株を渡し、いざ。

「薬草系は右側、ハーブ系は真ん中、野菜系は左側にしようか……野菜はまだないけど」

「はーい。土いじりたーのしー」

「ん、自給自足の第一歩」

株を大事そうに持ち、楽しそうにはにかむヒバリとヒタキ。何事も楽しいって気持ちは大事だからなにより。

小石で一応仕切りみたいなのも作ってみたんだけど、そんなに植える量がないのに張り切りすぎか……いや、今後きっと必要になるさ。

初級農業セットはひとつしかないので俺が使い、適度な間隔で穴を掘り、ヒバリとヒタキが植えていくスタイルにしてみた。

ここ、雨が降りそうにないけど大丈夫かな？　と口に出すと、ファンタジーだから、というヒタキ先生のお答え。適当というかなんというか、便利だなファンタジーって。

しばらくわいわい作業していたら、出窓にいたリグ達ものっそりやってきて、より一層賑やかな庭いじりと化した。

しかし楽しい時間はすぐに過ぎてしまう。そろそろかな？　とウインドウの時間を見てみたら、あと数分でログアウトの予定時間だった。いい感じだな。


「ヒバリ、ヒタキ、そろそろログアウトだぞ」

「え？　あ、ほんとだ！　時間が過ぎるの早いねぇ～」

「ん、了解。諸々する」


リグ達と一緒にいた双子に声を掛け、初級農業セットを元の場所へ戻しに行く。２人の返事にはやっぱり個性を感じるな。

花壇もまだ少し片付けが残ってるけど、ヒタキに任せておけば大丈夫だろう。

それにしても、薬草がいっぱい増えてくれるといいな。ダメだったときは、いろいろ改善策を考えてみようか。

セットを元の位置に片付けてから戻ると、花壇が少しこざっぱりしていた。この少しの間に皆でがんばったらしい。

俺が問いかける間もなく、どことなく自信に満ちた表情のヒタキが教えてくれる。

「ふふ、隅《すみ》っこに集めただけ。埋める時間はなかった」

お、おぉ、なるほど。

ヒタキの言うとおり花壇から少し視線をずらすと、雑草や小石が隅っこにまとめて置いてあった。ええと、創意工夫が見受けられるかな、多分。

さて、本命は明日の船旅だとしても、今日も今日とていい体験ができた。

明日もよろしく頼むよ、とリグ達を撫で、ウインドウをいじって【休眠】状態にする。

ギルドルームに残していくのは、もっとここが快適に過ごせるようになってから。いつになるかは分からないけど、今は殺風景すぎるからな。

「いったん外に戻って、残念な女神様像のとこでログアウトするんだよな」

「ん、基本ああいうところでログアウトする」

念のためヒタキ先生に確認すると、ＯＫのお返事をいただいた。

「んじゃ、さっさとログアウトするぞー」

「はぁーい」

元気な返事をくれたヒバリの頭を軽く撫で、俺達はギルドルームをあとにする。

この時間になると、中央広場の人混みは随分《ずいぶん》と緩和《かんわ》されたように思える。少なくとも潰されそうな状態ではなかった。

ヒバリとヒタキにやり忘れたことがないかを聞き、大丈夫だと返事をもらう。それからウインドウを開き、【ログアウト】のボタンを押す。

押した途端、視界が黒く塗り潰されるかのように、ふっと意識が途切れた。

◆　◆　◆

意識の浮上する感覚に身を任せ、ゆっくりと目を開く。

ううん、この感覚は何回やっても不思議の一言に尽きる。雲雀と鶲にＲ＆Ｍに誘われなければ、一生この体験をすることもなかったかもしれないな。

「んん～、うはぁ～」

「……のびのび、んん～」

雲雀と鶲も帰ってきたようで、心地《ここち》よさそうに思いきり伸びをしていた。

目線の先にあった時計を見ると、まだ寝るには早いけどそろそろ準備しないと……って感じの時間だった。早寝早起きは大事。

ヘッドセットを脱いでテーブルに置き、立ち上がろうと側にあったクッションをどかす。

その際、不意に頭を過《よ》ぎったので目の前にいる2人に問いかけた。

「そう言えば夕飯のとき、俺に急ぎの仕事が入ったの言ったっけ？」

「え？　聞いてない！　聞いて、ない……よね？」

「ん、夕飯のうどんの話しか聞いてない」

「いつものだから気にしなくてもいいけど、一応言っとく」

どんどん自信がなくなっていく雲雀に対し、ばっちり覚えていてくれた鶲。やはり鶲大先生だ。

俺も精進《しょうじん》しないと。今日はいろいろあって忘れっぽさが出てしまったようだ。

ゲームの後片付けは2人に任せ、俺は浸けておいた皿を洗うためキッチンへ向かう。

雲雀と鶲の姿をたまに覗き見しつつ、手早く汚れを落として皿を洗っていく。

乾いた布巾《ふきん》で皿を拭き、食器棚の所定の位置に皿を戻す。これくらいなら考え事をしていても、少しよそ見をしていても簡単にできる。要は慣れだな。

手の水気《みずけ》を拭き取っていたら、雲雀と鶲がキッチンへやってくる。


「つぐ兄ぃ、片付け終わった〜」

「ん、お風呂にも入ってるし宿題はないし、あとは寝るだけ」

俺は冷蔵庫から飲み物を取り出し、コップに注《そそ》いで2人に手渡す。

「お疲れさま。明日も学校があるんだし、持ち物の準備をしたら、夜更かしせず寝るんだぞ。あ、あとちゃんと歯磨《はみが》きしろよ」

「はぁ〜い」

「ふふ、つぐ兄もね。お休みなさい」

飲み物を飲み終えた雲雀と鶲は、俺の言葉に素直に頷き、洗面所へと向かっていった。

俺はまだやることが残っている。

まずはゴミを集めて、戸締まりの確認をして、少しだけ仕事の続きをして、とやっていたら、いつもの寝る時間を3時間もオーバーしてしまった。んー、仕事のペース配分に気をつけないとなぁ。

きちんとデータが保存できていることを確認したらパソコンの電源を落とし、ベッドの中へと潜《もぐ》り込む。

なにがあっても雲雀と鶲の朝食は準備しなければならない。

そんな謎の闘志を燃やしていたら、すぐ寝入《ねい》ることができた。俺らしくてとてもいいと思う。

R&M攻略掲示板

【アットホームな】LATORI【ギルドです】part8

（主）＝ギルマス
（副）＝サブマス
（同）＝同盟ギルド

1:棒々鶏《バンバンジー》（副）
↓見守る会から転載↓
【ここは元気っ子な見習い天使ちゃんと大人しい見習い悪魔ちゃん、生産職で女顔のお兄さんを温かく見守るスレ。となります】
前スレが埋まったから立ててみた。前スレは検索で。
やって良いこと『思いの丈を叫ぶ・雑談・全力で愛でる・陰から見守る』
やって悪いこと『本人特定・過度に接触・騒ぐ・ハラスメント行為・タカリ』
紳士諸君、合言葉はハラスメント一発アウト！
代理で立てた。上記の文はなにより大事！
・
・
・

書き込む　全 部　<前100　次100>　最新50

R&M攻略掲示板

2:かるぴ酢
いっちばぁ〜〜〜〜んっ！　サブマスありがと！
……てか、アットホームなギルドとか怖いんですけど！

3:コンパス
前>>989　別に俺、現実逃避《とうひ》できればそれで。。。。。

4:sora豆
>>1　おっつおっつ。

5:黄泉の申し子
いつも予想の斜《なな》め上のネタを持ってくるよな。

6:中井
しーおーかーぜーがーつーよーいーぞー。

7:かなみん（副）
新しい掲示板になったところで、新しいギルドメンバーの紹介だ！　なんで今とか聞いてくれるな、諸君。だって、他のＶＲＭＭＯの顔見知りとかいっぱいいたんだもん！　９割は誰かの知り合いだったよ！　今回は３人！　名前だけじゃよくわかんにゃいよね！　適当に自己紹介してくれると嬉しいな！

書き込む　全部　＜前100　次100＞　最新50

R&M攻略掲示板

8:わだつみ

前>>996　聞いた聞いた！　リアル知識で一財産もうけたとかなんとか……。やっぱ頭の良さも必要かねぇ。

9:魔法少女♂

>>1　おつかれにゃーん★☆★☆

10:甘党

アイドルだけど無茶苦茶な立体機動して、魔物と戦ってる認定実況があった。ちょっと対人戦してみたい。ワクワクする。

11:さろんぱ巣

今日もロリっ娘ちゃん達がログインしてくれてありがてぇ。

12:iyokan

前>>998　もっちろん現実で習うのは有り。こっちでおっかなびっくりやってもいいけど。新しいことするのは楽しいよね。

13:もちもち

>>7　わぁーい。お初の方は初めましてー。サモン・マジックでモフモフハフハフって名前でやってた可愛いおじさんだよー。可愛い子も愛でるの好きだし、仲良くしようねー。

書き込む　全部　<前100　次100>　最新50

R&M攻略掲示板

14:もけけぴろぴろ

このあたりの生産物とか向こうに持ってけば、差額で少しは儲《もう》かるかもしれない。あくまでかもしれない運転。

15:ナズナ

ロリっ娘ちゃん達だぁ～。現代社会の荒波《あらなみ》に揉《も》まれて荒《すさ》んだ私の心が天に召《め》されてしまうぅぅぅぅぅ～。

16:萩原

>>7　初めまして。和風ＶＲＭＭＯ阿修羅《あしゅら》戦記で姫側にいた羅刹《らせつ》です。向こうでは男性アバター使ってましたが、ここでは偽《いつわ》れなくてちょっと残念です。
強い魔物と戦うときは是非《ぜひ》とも呼んでください。文字通りどこにいても飛んでいきます。ばびゅん。

17:黒うさ

>>6　ミネラル成分たっぷりだよ、やったね！

18:焼きそば

そろそろギルドルームの拡張《かくちょう》追加が来るそうな……。

書き込む　全部　<前100　次100>　最新50

R&M攻略掲示板

19:田中田

>>7　ちわー。自分、退廃型《たいはいがた》ＶＲＭＭＯガン・ファイトで太郎（偽）って名前でやってたっす。こっちでも銃《じゅう》使ってるっす。お金かかるから拳でも戦ってるっす。よろしくっす。

20:フラジール（同）

>>新しい人　よろしくー。仲良くわいわいしよー。

21:NINJA（副）

>>13　ひぇ、可愛い物好きなおじさんでござるー！　頼《たの》もしいけどロリっ娘ちゃん達を守らないとダメでござるよー！

22:餃子

>>16　わぁ、自分王側にいました！　１度大戦のときコテンパンにやられた思い出が……。頼もしい！　よろしくー！

23:氷結娘

楽しそうなロリっ娘ちゃん達とギルメンに癒やされる自分。

24:ましゅ麿

うわぁ。結構いろんな意味で有名な……。いろんな意味で。

書き込む　全 部　<前100　次100>　最新50

R&M攻略掲示板

25:かなみん（副）

びっくりしたでしょー？　もっと濃《こ》いの多いから期待してね☆　個人の都合とか考慮《こうりょ》して入ってくるから。よろしくねー。

26:白桃

>>18　現実で一日に数回って売買制限されるけど、マーケット機能が有力視されてるな。転売防止機能つくとかなんとか。斜め上のことするから断定《だんてい》はできないんだよな、あの運営。

27:ちゅーりっぷ

>>19　よろしくね！
フライパンで戦おうとしてコテンパンにやられたゲームだ！
初期銃あるって気づかなくて石投げようとしたら運営になにやってんの？　って微妙《びみょう》な警告文出されたゲームだ！
チュートリアルあるって気づかなくて優《やさ》しいお姉さん（筋肉）に手取り足取り教えてもらったゲームだ！

28:密林三昧

また濃い人達が……って、俺らも濃かった！　問題ないか！

29:プルプルンゼンゼンマン（主）

ロリっ娘ちゃん達を見守れる人達が増えたのはとても喜ばしい。

R&M攻略掲示板

30:k a n a n （同）
>>10　それ、幼馴染かもしれない……。

31:こずみっくZ
へいわでしあわせだー。
・
・
・

62:黒うさ
>>55　最近クラーケンとシーサーペントが仲悪いらしい。もしかしたら怪獣大戦争が見れるかも。巻き込まれたら諦《あきら》める。天災でしょ。倒せるかもしれないけど。

63:ナズナ
明日は大海原で大航海だからな。しばらく陸に上がれないから忘れ物とかすんじゃないぞー。俺も自信ないけど。

64:空から餡子
釣《つ》り道具作っちゃった。海釣りできるといいなぁ。

書き込む　全 部　＜前100　次100＞　最新50

R&M攻略掲示板

65:萩原
>>58　がんばる。

66:iyokan
ロリっ娘ちゃん達を見守る趣味《しゅみ》と実益を兼《か》ねた慰安《いあん》旅行になっている気がするけど、気にしない方向で。いつものことだし？

67:つだち
見てきた。メンテナンスは夜中の１時〜４時まで。不具合の修正とギルド機能の追加、等々だって。そろそろ４次５次６次７次……10次職くらいまで作っておいてほしいね。

68:中井
>>60　そんなこと言うなら俺が誠心誠意真心込めておはようからお休みまで見守ってやろうじゃないか。ＨＡＨＡＨＡ。

69:甘党
う〜む、ロリっ娘ちゃん達がギルドルームに行ってしまうと途端《とたん》にロリコン共はやることがなくなってしまう。悲しみ。

70:神鳴《かみな》り（同）
>>59　友人がＲ18版買ったって言ってたなぁ。あれ、出会い系の

書き込む　全 部　＜前100　次100＞　最新50

温床《おんしょう》になれるわけもなく、ただただグロいだけだって。顔は偽れないからね。他ならいろいろと誤魔化《ごまか》せるけど。

71:田中田

>>61　あ、自分よく分からないんでお願いするっす！　皆と早くファミリーになりたいっす！　仲良しは大事っす！

72:コンパス

んー、難破《なんぱ》してもいいように非常食とかも買っとこー。船とか無縁《むえん》の生活してたからドキドキ。

73:棒々鶏（副）

今日も今日とてロリっ娘ちゃん達がログアウトしたら解散ってことでよろしく。各自の検討を祈ります。そして俺もログアウトします。学校あるので。くっころ。

74:かるぴ酢

>>62　やべぇ、今からドキドキしてきた。嫌なフラグの方向で。

75:こずみっくZ

潮だまりにカニさん。茹《ゆ》でたいけど料理スキルない……。

R&M攻略掲示板

76:夢野かなで

くっころは、クリスマスはコロンビアで過ごすって意味だよ！
嘘《うそ》だけどね！　HAHAHAHAHAHAHA！

書き込む　全 部　<前100　次100>　最新50

新《あら》たなギルドメンバーを加えつつ、いつもと同じように書き込まれていく……。

◆　◆　◆

昨晩、寝るのが遅かった俺は、なんとか1回目のアラームで目覚め、落ちてくる目蓋《まぶた》を気合《きあ》いで開いた。そして着替えてキッチンで朝食の準備に取り掛かる。

直食が出来上がるタイミングで、ちょうど2人が姿を見せた。

「そう言えば〜、今日は〜、たっいっい〜い〜いくぅ〜」

「おはよう、つぐ兄。今日は3時間目と4時間目で体育がある。だから雲雀ちゃんはとてもテンションあげあげ」

「お、おう、おはよう」

雲雀のテンションが高い理由を丁寧に教えてくれる鶲。俺も挨拶《あいさつ》を返しつつ、出来上がった料理を運んでもらった。雲雀は本当に体育が好きなようで。

代わり映《ば》えのしない朝食でも、2人は美味しい美味しいと食べてくれる。釣られて俺もたらふく食べてしまったので、しばらく動きたくないかなぁ……いやいや、しっかり見送らないと。

学校までは徒歩10分弱の距離だけど、安全には十分気をつけるようしつこく言っておく。

そんな一大イベントをこなしたあとも、やることが多い。

まずは食器を洗ってから洗濯物、廊下を雑巾《ぞうきん》掛けして、パソコンの仕事もして……んん、食器洗いしながら順番を考えるか。順位付け大事。


「あふ」


おっと、まったりとした時間になったので気が抜けて、つい大口を開けて欠伸《あくび》をしてしまった。

少し仮眠を取った方がいいかもな……。よし、昼食を食べたら30分くらい寝よう。そうしよう。

早く食器を洗ってしまわないと。次の家事が待ってるし。

お昼過ぎまで家事をこなし、冷蔵庫の余り物で簡単に昼食を食べたらちょっとだけ仮眠。30分は超《こ》えてしまったけど、これくらいなら許容《きょよう》範囲内だ。1時間までは寝ていない。

あとは夕飯を作る時間まで、依頼されたお仕事だな。

今日もうどん、明日もうどん、明後日もうどん、今日から夕飯はうどん祭りだ。肉、野菜、魚、茸《きのこ》、なんでも乗っけて、送られてきたものがなくなるまで食べるぞ。

日持ちする食材だけれども、あの量だからなぁ。食べないとなくならない気がして……。


「……よし、いい時間だから夕飯でも作るか」


空が少しだけ暗くなってきたら、パソコンに備え付けられている時計を確認。

お仕事もキリがいいところまでいけたからね、ルンルン気分にもなるよ。

高いテンションを深呼吸で抑《おさ》えつつ、データを慎重《しんちょう》に保存した俺はキッチンへ向かう。

そしてひたすら天ぷらを揚《あ》げていたら、雲雀と鶲が帰ってきた。


「たっだいまぁ～！」

「ただいま、つぐ兄」


挨拶のためキッチンに一瞬顔を出し、２人はその足で風呂場へ行ってしまった。

あ、ちなみに今日は天ぷらうどん。揚げるのは少し大変だけど、使いかけの食材をいい感じに使えて便利なんだよな。美味しいし。

数十分後、こざっぱりした雲雀と鶲がリビングに来るころには夕飯も出来上がっていた。

テーブルへ運んでもらい、席に着いたら「いただきます」。

天ぷらがさっぱりとしたうどんに合っている。うどんに浸《ひた》したり天つゆに浸したり、腹ぺこの2人に負けないよう食べていたら、いきなり雲雀と鶲が口を開く。

「むぐっぐんぐ、んんっ、んまー！　じゃなかった、いや、美味しいけど、今はそうじゃなくて……ええっと」

「今日、残念ながら美紗ちゃんも瑠璃《るり》ちゃんも参加不可。大航海時代の幕開けは我ら九重家が見守る。ふぁいおー」

「うん、そうそう。そんな感じ、おー！」

なんとなく分かったから、もう少し落ち着いてほしいかなぁ。

いつも通り俺達だけで大海原に出発して、いろいろ体験したことを友達――美紗ちゃんや瑠理ちゃんに話すといいよ。俺も楽しみだ。

「準備は2人に任せるとして、俺は食器を水に浸けておくか」

育ち盛りの雲雀《ざか》と鶲にかかれば、俺が用意していた夕飯なんてペロリと平《たい》らげられてしまう。

でもさすがに満腹《まんぷく》なのか、2人して同じようにお腹をさすっていた。俺も大満足。

すぐにゲームをするのはつらいものがあるので休憩《きゅうけい》を取り入れつつ、食器を水の入った桶《おけ》に入れ、せっせと用意を進める2人の元へ。

所定の位置に3人で座り、ヘッドセットを被ってボタンを押したら、一気に俺達はR&Mの世界へと入っていく。今日は船の上の予定だから、落ちたりしないよう気をつけないとな。

◆　◆　◆

慣れてきた潮風の香りを嗅ぎながら目を開く。集落がいつもより賑わっているようだ。大きな船の近くは積み荷や乗客でごった返しており、行き交《か》う人々も昨日の倍以上いる。本当に気をつけないと弾き飛ばされてしまいそうだ。

「んんー、とりあえずリグ達か」

賑やかな集落を眺めつつリグ達を喚び出し、ログインしてきたヒバリ達と広場の隅っこに移動する。邪魔にならないようにね。

「え〜っと、時間はもう少し余裕があってぇ」

「できるのは最終確認くらい。割りとすぐに時間になる」

「俺はヒバリとヒタキ、リグとメイ、小桜、小麦がいれば大丈夫だけど……2人はどうだ？」

広場の隅っこに移動した俺達は、予約掲示板の書き込みと返信を確かめ、今日の予約であることを確認した。これで間違っていたら目も当てられない。

ちなみに俺は、出航の準備として2人と4匹さえいれば大丈夫だと思ってる。

ヒバリは頷いているけど、ヒタキ先生が最終確認のため、インベントリを開いたりなんやかんやしてくれた。んで、あとは乗るだけってお墨付きをもらったよ。

5〜10分前行動をしよう、ということで、俺達はさっそく船へ向かうことにした。

羨《うらや》ましいことに体格のいい人が多いから、メイや小桜、小麦達を抱き上げる。蹴飛《けと》ばされでもしたら大変だからな。

混雑した通りを必死に抜け、遠くからでも見上げるほど大きな船の近くへ。搭乗口《とうじょうぐち》と思《おぼ》しきところは比較的人が少なく、俺達のような冒険者や商人らしき人達が疎《まば》らにいるだけだった。

少し待っていたら、船からなにかの紙を持った青年が降りてくる。

「皆さんちゅうも～くっす。今から名前を読み上げるっすから、いたら返事してほしいっす。まずは集団申し込みの、小さいもの愛《め》で隊さま～、いるっすか～？　欠員があれば教えてほしいっす」

「あ、はぁ～い。欠員ないでぇ～す」

「了解っす。次は……」

このゆるっとした口調、湖を渡ったときにも聞いたような……まぁ違うかもしれないし置いておこう。

次に「ツグミっさん～？」と独特《どくとく》なイントネーションで名前を呼ばれたので、すぐに問題ないと返事をした。

まだ数名足りないらしいけど、ほとんどの人達は集まった様子。最初は人が少ないと思っていたのに、あとからゾロゾロ来るわ来るわ。

ちょっと面白い光景だな。

「俺達は最後でいいな、あの集団に入るのはちょっと」

「うんうん、見てるのは面白いけどねぇ」

「ん、はしゃぎすぎて海に落ちないよう気をつけないと」

大きな船に人々が吸い込まれていくのを、俺達はぼんやりと眺めていた。あ、いやいや、俺達も乗るけど。

5分後、俺達もしっかりとタラップを踏《ふ》みしめ、落ちないようしっかり歩く。海は泳げるかもしれないけど、危ない橋を渡るのはやめておいた方がいい。

料金は甲板《かんぱん》に上がってから支払うらしく、青年の前に乗客が並んでいた。

俺はメイをヒバリとヒタキに託《たく》し、ものの数分で支払い終わる。電子決済みたいなものだから早いな。

もう少し待っても予約した人達が来なければ、慈悲《じひ》もなく出航するそうで。

青年や他の船員がわちゃわちゃタラップの回収作業をしていたら、走り込みで数人来て怒られていた。時間厳守《げんしゅ》大事。

船は機関車のような腹に響く汽笛《きてき》を鳴らし、ゆっくり陸を離れていく。

集落の人々も見送りに来てくれ、ヒバリとヒタキが興奮した様子で手を振っていた。

今日はほとんど船の上らしい。楽しい出来事とかあればいいなぁ。あ、悪いフラグとかじゃないぞ。多分。

少し波の揺れがあって、現実の船と大差ない気がする。気がするっていうのは、そう何回も乗ったことがないから。

まだ興奮した様子の2人を横目に、俺は青年から部屋の鍵《かぎ》を受け取った。

その際、周りに気を遣《つか》わず休める部屋があるのはいいことだ、と謎の感慨深《かんがいぶか》い表情で言われてしまった。あ、はい。

その鍵を手にヒバリとヒタキの側に戻ったら、興味深そうに覗いてくる。

「ん～？　ツグ兄ぃ、それ部屋の鍵～？」

「あぁ、そうだよ。あとで行ってみよう」

「ん、楽しみ」

ヒバリの言葉に頷いて、少しだけ笑うヒタキに俺も笑みを返した。

甲板でゆったり過ごしていると、頭上に鳥の影がかかっていることに気づく。これはもしや、餌付《えづ》けフラグか？

「あ、でかっ！」

ワクワクしながら頭上を見上げると、それはもうとても大きな鳥のような生物がいて、思わず声を上げてしまう。完全に予想外。

ただ周りの客も俺と似たような反応で、目立つことはなかった。甲板にいる船員だけは慣れているようだ。

リグ達も俺と同じような反応で安心したけど、我が家のヒタキ先生はジッと頭上を見ておもむろに鳥の解説してくれた。

「……これは、亀の背中で一生を送る鳥の魔物、タートルバード。好奇心が強い中立の魔物。もしかしたら、近くに亀がいるかもしれない。ん、分からないけど」

「な、なるほどぉ。上空でこんなに大きく見えるなら、ものすごい大きそうだね」

こういうこともきちんと調べているのか、淀《よど》みない口調で解説してくれるのはありがたい。

そしてヒバリが俺と同じような反応でホッとした。驚き仲間がいるのはいいことだ。

タートルバードはしばらく船の近くを飛行していたが、不意に興味が削《そ》がれたのかどこかへ行ってしまった。残念だけど、海ならではの魔物を見れたのは嬉しかったので良しとしよう。

タートルバードの姿が見えなくなると、ヒバリとヒタキは探検欲が湧《わ》いてきたのか、それはもう表情を輝かせて俺に意見を聞いてきた。

「ツグ兄ぃ、したいこととかある？」

「禁止されてるエリア以外、船の中は探検できるって。あとは釣りの道具も貸してもらえるし、調理場が予約制だから行ってもいい」

「んん～、海でしかできないことしたいよねぇ～。ま、海の上だから出来ることも限られてくるけど」

どうしたらいいか悩むな。まぁ時間はたっぷりあるから、ひとつひとつやっていけばいい……としてもいったいどれから。堂々巡《どうどうめぐ》りか。

「探検から行くか。迷子《まいご》になりたくないし」

「やほーい！　探検だ探検だ」

「ん、見て回るのは大事。じっくりたっぷり見て回ろう」

「シュ～？　シュ」

俺の意見に頷いて賛成してくれた2人に、頭の上に乗ったリグが反応する。小刻《こきざ》みに身体を揺らして可愛らしい。

周囲を見ると、まったり甲板で過ごそうとしている人もいれば、釣り道具を借りている人もおり、早々に中へ入っていく人達の姿も。よし、俺達も動こう。

「う～ん、まずはツグ兄ぃが料理するための調理場？　を探しに行こう！　そしたら他のとこも見て回れるし、多分」

「ん」

顎《あご》に人差し指を当てて唸るヒバリの言葉を受け、俺達はゆっくり歩き出した。

船内は広々としており、結構大所帯《おおじょたい》な俺達でも広がって廊下を歩けそうだ。あとはええと、立ち入れない場所はポヨンポヨンした壁のようなものがあって、触ってみたら楽しかった。すぐやめたけど。

甲板よりひとつ上とひとつ下の計3階層にしか客は入れず、上と真ん中は客室兼船員室、下は調理場や食堂に休憩室。基本的には娯楽《ごらく》関係って感じだろうか？

船ギルドの船員さん達が忙しそうにあくせく働いているので、邪魔しないようにしよう。楽しく歩き回って船の中をだいたい把握できたから、次の行動に移ろうと思う。おそらくもう迷子にはならないと思うので。

次はそう、俺が意味の分からない釣り方をすることで有名な釣り。調理場を使うにしても、いつも通りのものしか作れないし、魚があれば少しは違うものを作れるんじゃないかなぁ、と。


「ツグ兄ぃ～、借りてきたよぉ～！」


食べ物のことなのでヒバリが率先して動いてくれ、待っていた俺達の元へ戻ってくる。

釣り竿《ざお》はプレイヤーが製作したものでカッチリして、海でも川でも池でも沼でもなんでも釣れると説明に書いてあった。

ちなみに釣り餌《えさ》はミミズみたいな変な虫。数が多くウゾウゾ動いており、ヒバリとヒタキが引いていた。


【ぎじぎじ虫】

よく釣り餌として好まれている虫。他の虫とは食い付きが違うことで有名。疑似餌《ぎじえ》はこの虫を模《も》して作られている。

さすがにコレは俺も、って感じ。我慢《がまん》して虫を掴《つか》み、釣り竿につけて2人へ渡す。
投げればいい感じに落ちるし、魚がかかったら軽く持ち上げれば引き上げられるらしい。
力いらずで楽ちんだ。

「よぉし、おっきい魚釣ってツグ兄ぃに料理してもらうぞ〜！」
「おー」

(＊＞ｪ＜)

「めぇめめっめめぇ！」

(*>ω<)人(>ω<*)

「にゃ〜にゃにゃんにゃ」

やる気満々なヒバリとヒタキに、それを応援するメイ達。やる気があるのはいいことだ。
俺も釣り竿に餌をつけて、広大な海に向かって投げた。
周りにも何人か同じように釣り竿を垂らしている人がいるんだけど、釣れているのかは分からない。せめて1匹くらいは釣りたいな。

「ふんふんふ〜ふ〜んふふんふ〜ん♪」
「海のお魚、マグロ、サーモン、カツオ、サバ、ふふ」
「カジキとか釣りたい！　夢はでっかい方がいいよね」

「ん、夢がひろがりんぐ」

楽しそうに釣り竿を海に投げ入れてお喋りする2人。

俺は竿を持ちたがるメイを抱き上げ、一緒に持つ。この感じ、ちょっと昔を思い出すなぁ。

のんびりまったりと待つこと15分。ヒバリの釣り竿になにか掛かったらしく、彼女が元気な声と共に竿を持ち上げる。

そうして釣り上げたのは、ようやく大人になったばかりと思われるアジ。ヒバリの手のひらより少し小さいくらいだった。

ヒバリは微妙《びみょう》な表情をしているけど、釣れないよりはいいと思う。素揚げにはちょうどいい大きさだと慰め、アジを受け取ってインベントリへ。

「こ、今度こそおっきいの釣るんだから！」

ヒバリはおっかなびっくりぎじぎじ虫を摘まみ、釣り竿に取り付けて海へ投げる。おぉ、ウゾウゾが気持ち悪いより、大きな魚を釣りたい気持ちの方が勝ったのか。

妹の成長に嬉しくなっていたら、今度はヒタキの竿に魚が食いついたらしい。ヒタキが思いきり竿を引き上げる。

「ん！」

「おぉ、愛《いと》しのサーモン！　お腹おっきい！　イクラ！」

「ん、これは当たり。とても喜ばしい。うはうは」

「にゃ」

(*･ω･)(･ω･*)

ヒタキが釣り上げたのは、北太平洋を広く回遊《かいゆう》することで知られるサケだった。

薄紅色《うすべにいろ》の身が特徴的で、お腹が大きいから卵の期待もできそう。俺も何度か釣りに行ったことがあるし、魚の締め方を見たことあるので、生臭《なまぐさ》くさせたりはしないぞ。

どんな料理を作ろうかと考えていたら、メイが慌てたように鳴いたので意識を釣り竿に戻す。お、これは大きさな魚が期待できるかもしれない。

強い引きに逆《さか》らって、メイと息を合わせて竿を持ち上げる。

現れたのは輝く大きなイカ。虫で釣れるのか？　とか聞いてはいけない。

今は警戒色と言うんだろうか、まだら色になってるけど、締めれば色が抜けると思う。

ヒバリとヒタキも大興奮してくれ、お兄ちゃんとメイは鼻高々だ。

「ゲームでしか釣れないのとか、がんばって釣ろうな」

(＊＞ェ＜
「めめっ！　めめめぇめめめっ！」

(＊＞w＜)/シ
「シュッシュ～、シュ！」

メイとリグに話しかけながら、釣り竿に餌をつけて再度海へ投げ入れる。次はどんな魚が釣れるのか楽しみだな。

◆◆◆

数時間後。夕暮れまで釣りを続けた俺達だったが、あれからまったく釣れなくなってしまった。

最後は疲れきった目をしていたと思う。ま、まぁ、釣りとはこんなものさ。

周りの人達も俺達と同じような成果だったみたいだし、タイミングが悪かったのかもしれない。

いったん用意された自室に戻ろうとしていたとき、甲板に船ギルドの青年がやってきて、「ささやかっすけど、夕飯があるんで食べたい人は来るといいっす。用意は出来てるっす。なくなったら終わりっす」と告げていった。

船ギルドの人達が作った料理だろうか？

釣り竿を返却したあと、言われるがまま、俺達は下の階にある食堂へ向かった。他にも食堂へ歩いている人達がおり、これなら迷子になる心配もないだろう。

食堂近くに来るといい匂いが漂《ただよ》ってきて、これは期待が持てそうだと俺は心を弾ませた。

食堂に入ると、ホールの真ん中に料理の島があり、周囲にテーブルと椅子が並んでいる。

「ん、バイキング形式」

「あぁ、これならいろいろと楽でいいかも」

客はパッと見、NPCが大半だった。でも、食べることがなにより大好きな双子やペット達は、遠慮《えんりょ》せず奥へ入っていく。

まずは席の確保だな。数は多く、苦労することなく確保できた。ほどよく人の少ない場所で、俺達の他には何組かしかいない。

俺達は気にしたこともないけど、リグ達を料理の島に連れて行くのはアレだし、まずはヒバリとヒタキに、好きな料理を持ってきてもらおうと思う。

言い方は悪いけど、リグ達はどんな料理でも食べるからな。

「じゃあ、ちょっと行ってくるね！　いっぱい取ってくる！」

「ん、ちょっと。皆で食べるくらい」

「あ、食べきれない量は取るんじゃないぞー」

元気いっぱいな様子でヒバリとヒタキが料理を取りに行ったので、念のため背中に声をかけておいた。うん、一応。

席で待っている俺達はと言うと、リグ達を撫でたりヒバリとヒタキを見てハラハラしたり、周囲を見渡すくらいしかしていない。

でも、思い思いに食事をしている周囲の人を見ているのも、ちょっと楽しかったり。

見たこともないファンタジー風の料理を美味しそうに頬張っている人がいたら、気になるのが俺だからな。

どんな料理かよく分からないけど、ヒバリ達が持ってこなかったら、あの料理を持ってこよう。んで味見しよう。

ヒバリとヒタキが両手にプレートを持って帰ってきた。種類をたくさん食べたいのか、一品一品の量は少なめだ。

「ツグ兄ぃ、これちょっと置いといて！　もう1回行ってくる！」

「ん、これも。美味しそうなのいっぱいなのが悪い」

「お、おぅ」

プレートをテーブルに置いたかと思えばまた料理の島へ舞い戻ってしまった。俺、料理の島になんてずっと行けないかもしれない……。

ふと隣を見ると、リグ達が料理に目を釘付《くぎづ》けにしている。今か今かと餌を待つ雛《ひな》のように見えたのは、きっと俺だけではないはず。

あまり待たせすぎるのも悪いから食べ始めてしまおうか。

テーブルに備え付けられている椅子が5つあったので、余っているふたつを並べれば、リグ達を乗せてちょうどいい感じになった。

「お、こうすればいいか。俺達は先にご飯食べような」

「シュー！　シュ～ッ」(*>w<)

プレートを自分の方に寄せリグ達に問いかけると、嬉しそうに声を上げてくれる。

料理を持ってリグ達へ食べさせていく。現実世界ではペットと一緒の箸を使うといろんなリスクがあるからダメなんだけど、ゲームだから気にしない。

うぅん？　今食べたコレはなんだ？　美味しいんだけど、不思議な食感とうま味が……。

イカにしては少し大味な気がする。ボイルしてあって臭みはなく、食べやすいように小さめの短冊切りで、ソースは梅酢？　を元にしているようでさっぱり。

「あ、説明見ればいいのか」

【クラーケンの梅ハーブソース和《あ》え】
海の暴《あば》れん坊クラーケンをボイルして、短冊切りにし、梅ハーブソースで和えただけの簡単料理。シンプルながらも美味しい一品。レア度４。
【製作者】汐井（プレイヤー）

あぁ、なるほど。この白いものの正体《しょうたい》はクラーケン。確かイカとタコを合わせたような見た目だったかな。

詳しくは知らないけど、リグ達が美味しそうに食べているし、それが正義ってことでいいか。

ヒバリ達が持ってきた料理をとりあえず制覇《せいは》して、リグ達も満足したらしい。目に見えて大人しくなった。

「あ、ツグ兄ぃ達先に食べてる～」

「お待たせ。デザートも持ってきた。モグモグタイム」

一段落して俺達が至福《しふく》の飲み物タイムをしていたら、先ほどと同じくらい料理を載《の》せたプレートを、両手に持ったヒバリとヒタキが帰ってきた。

おおっと、デザートと聞いてまったりしていたリグ達の目が輝き出したぞ。これは休憩を切り上げ、再度のお食事タイムかと思われます。見慣れないデザートもあるからちょっと楽しみ。

ほとんどがこの世界特有のものらしく、美味しさ半分、面白さ半分で食べることができた。

こんなにたくさん食べられるか心配していたけど、要《い》らぬ心配だった模様《もよう》。ペロッと料理を食べ終えあたりを見渡すと、来たときとは比べものにならないくらい賑やかになっていた。

そろそろ食べ終わった俺達は出た方がいいかも。

テーブルに広がっている皿をまとめる。ええと、返却するところは……あ、意外と近い。

しかもいくつか用意されていた。

たくさんの人達が集まるところだから、かなり気を配っているようだ。

食べ始めの頃より体格のいい人達が多くなっているからな。ハラハラしながら待つんだったら、俺が行った方がいいか。俺もそんなに自信ないけど。

「食器は俺が持って行くから、ちょっと待ってるんだぞ」

ヒバリ達に大人しく席にいるよう言い含め、俺は重《かさ》ねられた皿を「よいしょ」と持ち上げる。これくらいなら楽ちん。

心配したようなことが起こることもなく、無事に席へ戻ることができた。こぼしたりもしていないし、メイ達を抱き上げて俺達は食堂をあとにする。

食堂から出た俺達は、渡された鍵を持って客室に向かった。

その道すがら、多目的広場から聞こえてくる楽しそうな声に誘われ、立ち寄ってみることに。

甘酸《あまず》っぱいような、なんとも爽《さわ》やかな匂いが漂ってくる。

「……ん？　む、甘酸っぱい？」

「くんくん、なんだかいい匂いがしますな！」

ヒタキもヒバリも素早く反応し、小桜と小麦を抱いたまま足を速めた。俺も匂いの正体が気になるから、足早で行こうか。

「うひょ～、リンゴが山積みだぁ～」

ヒバリの楽しそうな声。

その言葉どおり、大きな木箱から大量のリンゴが覗いている。

広場の半分以上がリンゴに占領《せんりょう》されており、存在を主張するように、俺達が誘われた甘酸っぱい匂いを放っていた。

周囲には、死んだような目をしている船ギルドのプレイヤーもいれば、呆《あき》れたような表情をしている人達もおり、俺達のように香りに誘われたらしき人達の姿も見受けられる。

間違えて頼みすぎたってことか、詳細《しょうさい》は分からないけど。

んん？　購入を希望する方がいれば、喜んで売ります……って。

買えるなら買いたいな。にいい匂いがしているし、紅玉《こうぎょく》系のリンゴでも、デザートとして生まれ変わらせられるし。

手を上げつつ船ギルドの人に近寄って、購入する旨《むね》を伝えた。

「リンゴ、デザート、楽しみ、じゅるっ」

「うんうん。楽しみすぎて夜しか寝られないかも！」

「ふふ、それは普通のこと」

　たくさん買う気はなかったのに、船ギルドのプレイヤーが意外と口達者《くちだっしゃ》で、大きな木箱ごと買ってしまった。まぁ投げ売りの値段だったから、そんなに懐《ふところ》は痛まなかった。それにほら、インベントリに入れておけばいつでも新鮮だから。うん。

　プレイヤーもヒバリ達もホクホクした表情だ。こりゃあとで、調理場でリンゴ系のデザートを作らないとかもな。

　今度こそ夕食後の時間をまったり過ごそうと、俺達は用意された客室へ歩き出す。たまに大きく揺れるからゆっくりと。

　大きな船でも移動できる場所が3つの階層のみだから、すぐに移動できる。木目《もくめ》の美しい扉には「客室131」のプレートがかけられており、鍵に刻印《こくいん》されている数字と同じ。

　扉を開けると、中は広々としており、シングルベッドが3つ。

　分厚《ぶあつ》く丸いガラス窓、固定されたテーブルと椅子。海っぽさも感じられるけど、基本的に宿屋と一緒かな？　って感じ。

「むむ、これは寝るのが惜しい！」

「む、疲労度はないから寝なくてもいい」

「こりゃ楽しむしかないね！」

「うん、部屋に来たら余計に楽しくなってきた」

部屋に入った途端、ヒバリとヒタキが楽しそうに話しながら探検し始める。徹夜《てつや》のテンションと酷似《こくじ》している気もするけど、気にしない。

室内を隅々《すみずみ》まで物色《ぶっしょく》していたら、ベッドの下に収納があり、その中にハンモックが入っていた。

２人がキラキラした目を俺に向ける。

置いてあったってことは、使っても構わないってことだろう。多分。

大きめの柱にハンモックを引っかける金具もあったし、お兄ちゃん、がんばって取り付けたよ。部屋を出るときに畳んで元に戻せばいい。

ヒバリとヒタキはハンモックに揺られ、続いてリグ達を乗せて、ひとしきり遊んで満足したようだ。きゃっきゃ楽しそうにしていたのが嘘のように大人しくなった。

まだまだ時間はあるからまったりお茶でも飲むか。俺はリグ達をハンモックからベッドに移し、椅子に座ってインベントリを開く。

そのとき、ヒタキが不思議そうな表情をしてあたりを見渡した。

「……ん？」

「ん？　どうしたのひぃちゃん？」

ちょうどお茶セットを見つけて取り出している途中だったので、俺は視線だけをヒタキに向けた。

しかしヒタキはずっと首を捻ったまま。いったいどうしたって言うんだ？

「んん？　んむぅ」

なんとも言えない微妙な表情をしたヒタキは軽く頭を振り、もう1度首を捻ってからいつもの雰囲気に戻る。もしかしたら察知系のスキルでなにかを察したのかもしれない。

けど、この船にはそういうスキルを持って警戒している人はたくさんいるだろうしなぁ。

いつもの雰囲気になったのならいいかと、俺は再びインベントリを覗く。

ええと手頃なオヤツは……と選んでいたら、不意に船が大きく揺れ、縦《たて》に突き上げられる感覚がした。次の瞬間、耳を覆《おお》っても防げない咆哮《ほうこう》が響き渡る。

突然だったから、お茶セットがテーブルから落ちないように上から押さえ、自身もテーブルにしがみつくことしかできなかった。

咆哮のあと、何度か大きく左右に揺れて、次第に小刻みな揺れになっていく。でもまたいつ大きな揺れが来るか分からないから、しばらく警戒した方がいいかもしれない。

そこまで考えてハッとヒバリ達のことを思い出し、すぐベッドの方へ視線を向ける。

ヒバリとヒタキは、リグ達が転がり落ちないよう、まとめて抱き締めてくれていた。咄《とっ》嗟《さ》の行動、お兄ちゃんは誇らしく思う。

「だっ、大丈夫か？」

「う、うん！　大丈夫！　なんかよく分かんないけど！」

「だいじょうぶ。びっくりしたけど」

大きな目を見開いてキョトンとしている2人。返事ができるってことは、パニックになってないから良し。多分。

丸い窓を覗いても、外はもう真っ暗でなにも分からなかった。そして両隣の部屋の扉が乱暴に開けられ、ドタドタと慌ただしく走る音が聞こえた。

もしかしたらマズい事態になったのか？　そんなことを思っていたら、いきなりヒバリとヒタキが話し出す。

「ねぇひぃちゃん、これ、もしかして、たこパのフラグ来ちゃったんじゃない！」

「む？　もしや海鮮丼？」

「は？　ちょ、おっ、待て！」

俺が止める間もなく、武器を手に部屋を飛び出していく双子。

安全確認もせずになにをしてるんだ、まったく。楽しそうだからいいや、ってレベルじゃないぞ。

俺はあとを追うため、リグを頭に乗せメイと小桜小麦を一緒くたに抱きかかえ、慌てて部屋から出た。なにも置いてないから鍵はいいや。

騒がしい甲板に向け、揺れる船内を早歩き程度の速度で進む俺。妹2人の姿はどこにもない。

う、運動能力の差はここまでとは。いやいや、そんなことより早くヒバリとヒタキを見つけないと。リグ達の応援もあり、ようやく甲板へたどり着く。

「……うわぁ」

そこで目にしたのは、襲いかかってきたらこの船なんか一撃で沈《しず》むんじゃないか、ってくらい大きな魔物の怪獣大決戦。

イカのようなタコのような魔物が触手《しょくしゅ》を、蛇《へび》のような龍のような魔物が牙を使って互いを攻撃していた。遠くに、例のタートルバードを背に乗せた亀が2匹を見ている。

よく分からん状況だな。甲板に出てきたNPC達は真《ま》っ青《さお》な表情をしているし、プレイヤー達は楽しそうに怪獣大決戦を見ている。

少し身構えていたけど、海の怪獣はどうやら船に興味すらないらしい。しばらくすればこの海域から脱出できるはず。

「あ、そうだ。ヒバリ！　ヒタキ！」

安心したらようやく当初の目的を思い出し、周りのプレイヤー達と一緒になって歓声を上げている2人を見つけ出した。

彼女達もマズいと思ったのか、盛大に肩がビクつかせ、ゆっくりとこちらを振り返る。

俺はとりあえず笑っておく。

「自分達が、危機管理もままならない馬鹿な真似《まね》をしたって、分かるな？」

「うぅっ、ごっ、ごめんなさい……」

「次はない。気をつける。ごめんなさい」

「分かったならいいよ。でも、次は本当に怒るからね」

止められなかった俺にも責任はある。過《あやま》ちの記憶は再発防止の決意と共に心に刻んでおこう。

怪獣大決戦が起きていたとしても、怒っていたら注目されてしまう。

ヒバリとヒタキもしょげ返っているし、早々に甲板から移動した方がいいな。

廊下にもベンチがあり、休憩するところが作られているので、そこで俺達はひと休み。

もう次から次へといろいろなことが起こって、今の時間がよく分からないことになっている。

ウインドウを開くと……うわぁもう真夜中。

まぁ、俺達はプレイヤーだから最悪寝なくても大丈夫だし、気にしない気にしない。そっと時間から目を逸らし、俺はウインドウを閉じた。

ヒバリとヒタキから、さっきの魔物について教えてもらう。

イカのようなタコのような魔物がクラーケン、蛇のような龍のような魔物がリヴァイアサン、タートルバードを乗せた亀のような魔物が玄武《げんぶ》。

クラーケンとリヴァイアサンは、食べると美味しいとのこと。

あれらを狩る漁師もいるみたいだな。あんなに強そうな魔物を倒すなんて、漁師強すぎ。

不意にバタバタ誰かが走ってくる音がして視線を向けると、布に包まれた大きな荷物を抱え、船ギルドの青年がやってくるところだった。


「あ、プレイヤーのお客さん見つけたっす！　これ、お裾分けとして持ってきたっす。千切れたのが甲板にあったっす。どうぞっす」

「え？　あ、あり、がとう？　ございます？」

いつもの「〜っす」口調を崩さず俺に荷物を押しつけると、彼は無駄に爽やかな笑みを浮かべ走り去っていった。と、とりあえずペラッと布をめくり、説明文を見ようと目を凝らす。


【千切《ちぎ》れたクラーケンの触手《しょくしゅ》】

海の暴れん坊クラーケンの触手。すぐに生えるのでこのくらい千切れても問題ない。タコのようなイカのような、不思議な味のする海の高級品。寄生虫《きせいちゅう》の心配はなし。

「……た、棚ぼたらっきーだぁ」

「ん」

同じように説明文を見たただろうヒバリが、思わずといった感じで言葉を漏らし、ヒタキも無表情でコクコク頷く。

重量もそれなりにあるから、素早くインベントリにしまった。

お裾分けってことは、皆にも分けているだろう。今日はイベントデーか。ははは。

ん？　なんだか空が白《しら》んできた気がする。

もう夜が明けるのか、早いなぁ。寝てなくてもリグ達は元気いっぱいみたいだし、大量のリンゴやクラーケンの触手も手に入れたし、調理場を借りようか。

「調理場は下の階！　食堂と多目的広場の奥だよ！」

「ん、ツグ兄の料理楽しみ。早く行こう」

(>w<*)

「シュ！　シュシュシュ！」

(*>ェ<)

「めめ！　めぇめぇめめっ！」

俺の意見を聞いたヒバリとヒタキがベンチから立ち上がり、ワクワクした表情を浮かべた。それに触発《しょくはつ》され、リグとメイも俺を見てお目々キラキラ。

小桜と小麦は我関せずといった様子。一緒に顔を洗う仕草をしておりその可愛さに心が和む。

「大したものは作れないかもしれないけどがんばるよ」

調理場へ歩いていくと前方からゾロゾロ歩いてくる集団が。会話の内容に耳を傾《かたむ》けると、どうやら怪獣大決戦が終わったらしい。

どちらの魔物が勝ったとかはなく、空が白んできたら玄武が2匹を物理的に諌《いさ》めて、連れて帰ったという。結果的に平和になったならそれでいい。

ゾロゾロ歩く集団の脇《わき》を通り抜け、俺達は階段を下り目的地へ。あまり人気《ひとけ》はなかった。

とりあえず、予約したいことを船ギルドの人に伝えればいいんだろうか？

船ギルドの人は調理場にいるらしい。

確かにそうだよな、早めの下ごしらえって料理には必要だよ。1人でうんうん頷く俺。

その間にヒバリが彼らの元へ埃《ほこり》が立たないよう素早く歩いていき、許可を取ってきた。

料理のためなら本気だもんな、うん。

「これでツグ兄ぃは料理がし放題だよ！　むふふ」

「ん、むふふ。私達にできることなら手伝うから、ツグ兄はいっぱい料理をしてほしい」

「……はは、はいよ」


調理場はいつも使っている作業場と大きな変化はないように見える。ただ名前の通り調理に特化しているようだ。魔法道具のミシンやらは無い。

室内は広々として清潔感《せいけつかん》に溢れ、10個の調理台があった。今は船ギルドの人が使っている2個しか埋まっていない。俺達は隅の調理台を使わせてもらうことにした。

鼻息の荒いヒバリとヒタキに適当な返事をしつつ、まずはリグ達がくつろげるスペースを作る。

とは言っても、俺達が使わない椅子を繋げてそこに座らせるだけ。壁にくっつけたからもたれても転がらないぞ。

さて、なにを作ろうか。まずは手持ちの材料を簡単に確認するところから始めてみよう。ワクワクしているヒバリとヒタキを横目に、俺はインベントリを開く。

王都を発《た》つ前に、いろいろと買い漁《あさ》ったから在庫は豊富……だと思う。それに加え先ほど買ったリンゴともらい物の触手がある。

「ツグ兄ぃ、リンゴでお菓子作ろうよ！」

「ん？　そうだな、リンゴでなにか作ってみるか」

ヒバリがすすっと俺に近寄り、元気な声で提案してきた。

なら作るのは、ジャム、コンポート、タルトタタン……あとジュースもいいかも。

俺はなんとなく手順を決め、インベントリからリンゴを出し、邪魔にならない壁際《かべぎわ》に置いた。

調理台の下を覗き込み、調理器具を取り出す。調味料も。

調理場は料理に特化しているだけあり、主夫にとって作業場より快適だ。

最新式の調理器具はともかく、竈ではなく電気調理器具がところ狭《せま》しと……いや、これ電気じゃなくてＭＰで動くみたいだな。

さすがファンタジー。で、でも、使いやすいことに変わりはない。

準備をしていたらソワソワしているヒバリが俺の服の裾を掴み、これまた元気に言った。

「ツグ兄ぃ！　なに作るの？　手伝うよ！」

「んじゃあ、ヒバリにはリンゴジュース作ってもらおうかな。ＭＰを使って粉砕《ふんさい》するこの魔法道具を使うといいよ」

「おぉ～！　ふっつぅ～にミキサーだね！」

「ソレは言わない約束だよ、ヒバリさん」


調理台の下から見つけたMPを使って食品を粉砕する魔法道具を渡し、材料も渡す。心配だし、最初は俺も手伝うよ。

使うものはリンゴ、水、レモン汁。

リンゴはよく洗って皮を剥《む》き、芯《しん》を取り除いて一口大に切る。ヒバリは皮を剥くのが難しいようだから、まぁ剥かなくてもいいか。

切ったリンゴをミキサーに入れ、リンゴが浸《ひた》るくらい水を入れてレモン汁も少量。リンゴの甘みだけで十分なので砂糖はいらない。

あとはひたすら粉砕。口当たりが気になる人は濾《こ》せばいい。終わったら用意しておいた水筒に詰めていく。

水筒がある分だけ作っていいよ、と言うと、ヒバリは表情を輝かせてリンゴジュースの増産に取りかかった。


【新鮮リンゴジュース】

熟《じゅく》したリンゴの美味しいジュース。濾していないので果肉感たっぷりで飲み応《ごた》え抜群《ばつぐん》。栄養価

も高く、お子様の健《すこ》やかな成長に奥様が欲しがる一品。レア度4。満腹度＋5％。

【製作者】ツグミ・ヒバリ（プレイヤー）

任せても大丈夫そうなヒバリは放っておき、次は……と食材に目を向ける。そこでまたもや服の裾を引っ張られた。

いつもの無表情はどうした？　と言いたくなるほど、目を輝かせたヒタキ。手伝ってくれるとのことなので、ありがたくその提案を受け入れよう。でも料理の腕前は推《お》して知るべしだから、ヒタキにやってもらうのはジャムかな。


「ええと、これがおろし器だ。気をつけないと自分の手をおろすことになるからな」

「ん、流血沙汰《ざた》。気をつける」


必要な食材はリンゴのみ。使うのは耐熱容器と煮るための鍋《なべ》。

おろし器に気をつけることを何度も言いつつ、最初だけは俺も一緒に作業を行う。

まずはリンゴの皮を剥いて、おろし器ですりおろ……ヒタキにも皮むきは難しかったかぁ。剥かなくてもいいか！　俺達が食べるんだもんな。美味しいから気にしない。

終わったらリンゴを鍋に移し、水分がなくなるまで煮る。目標はべっとりねっとり。

焦《こ》がさないよう気をつけて、こちらも耐熱容器のある限り作っていいよ、と言うと、ヒタキは何度も嬉しそうに首を縦に振り、一心不乱《いっしんふらん》に作っていく。

美味しいものに向ける情熱、半端ないな。


【新鮮リンゴジャム】

熟したリンゴの美味しいジャム。さっぱりとした甘さが後を引く。栄養価も高く、隠し味にするとどの料理もワンランク上の一品になる……かも。レア度4。満腹度＋8％。

【製作者】ツグミ・ヒタキ（プレイヤー）

楽しそうにジュースとジャムを作るヒバリとヒタキの様子も横目で見つつ、俺は調理台の下から何個もあるパウンドケーキ型を取り出す。

「……俺はタルトタタンでも作るか」

パウンドケーキよりタルトタタンの方が、いっぱいリンゴを食べられる気がするから。

ええと、まずはパイ生地を作ろう。用意する食材はスライムスターチ、水、バターの3つ。

バターを厚さ2センチくらいに切り、木のボウルを用意してスライムスターチを入れへラなどでダマを壊《こわ》すためかき混ぜる。

ダマを壊し終わったらバターを入れ、バターにスライムスターチをまぶすように転がす。それも終わったら水を適量加え、ヘラでさっくりと混ぜて生地をまとめる。ここはだいたいでＯＫ。

普通だったらラップにくるんで冷蔵庫に1～2時間寝かせないといけないから、パイ生地作りは少し休憩。まぁ、ボウルに入れた生地を放っておくだけだけど。

寝かせている間、リンゴの準備をしよう。

用意するのはリンゴ、砂糖、まだ寝ているパイ生地。

好きなだけリンゴを持ってきて12等分に切る。切ったリンゴを鍋に入れて砂糖を振りかけ、軽く混ぜて加熱。スキルのおかげですぐに水気が出てきたら蓋をし、約10分程度弱火にかける。

そしてなんと、ＭＰ消費のオーブンがあったので１８０度に予熱しておく。その間に鍋の蓋を開け、リンゴを冷ましておくのを忘れないように注意。

「……わぁ、リンゴ祭り」

パウンドケーキ型をたぐり寄せるついでにヒバリとヒタキを見ると、まだまだ！　と言わんばかりに、フルスロットルで量産していた。

きっと全部食べられるから、大量に作っても問題ない……と思う。インベントリに入れれば腐《くさ》らないし、ね。

手元にあるパウンドケーキ型にリンゴを敷き詰め押しつけ、寝かし終えたパイ生地をこう、いい感じに滑《なめ》らかになるまで伸ばし、リンゴに被せてギュッと押しつける。

生地が膨らみすぎないよう、フォークで穴を開けることもお忘れなく。そして様子を見ながらオーブンで25分程度焼けば出来上がり。

【新鮮アップルパイ風タルトタタン】
熟したリンゴをたっぷり使ったアップルパイ風タルトタタン。栄養価も高く、たっぷりのリンゴが贅沢《ぜいたく》気分を醸し出す。神殿に供物《くもつ》として捧げられたら、コロッとしてしまいそうな一品。レア度5。満腹度＋10％。1時間最大MP＋3％上昇。
【製作者】ツグミ（プレイヤー）

俺達も食べるしルリちゃん達も食べるから、大量に作るべく奮闘《ふんとう》する。それはもう、朝食のために隣で働いている船ギルドの人達が2度見してくるくらい。

容器がなくなるまで大量に作っても、リンゴはまだまだ余っていた。リンゴを使った料理は他にもたくさんあるし、今後に取っておこう。

インベントリへ収納したり使用した器具を片付けたりしていたら、隣の船ギルドの人達が忙しそうな様子で動きを始める。

一瞬ポカンとしていたら、親切な船ギルドの人が「もう少しで朝食の時間だよ」と教えてくれた。え、もうそんな時間なのか。早い。

「ツグ兄ぃ、まだ時間はあるみたいだけど、どうする？」
「ツグ兄の腕なら、もう一品作れる」
「ん、そうだなぁ。手伝ってくれるか？」
「「もちろん！」」

あまり時間をかけずに大量に作れる料理。もらったクラーケンの触手も是非《ぜひ》使いたいよな。

ヒバリもヒタキもやる気満々だし、そうだなぁ……たこ焼き、ミートボール、そんな感じのものを作ってみるか。

用意するのはスライムスターチ、水、好きな調味料、卵、キャベツ、クラーケン、その他インベントリの枠《わく》を圧迫《あっぱく》する余り物。

キャベツ、クラーケン、余り物は事前にみじん切りにしておくと楽でいいぞ。

まずはボウルを用意して、多めのスライムスターチと水を入れ、ダマにならないようにかき混ぜる。よく溶《と》いた卵も入れ、好きな調味料で味をつけてひたすらかき混ぜる。

事前にみじん切りにしておいたものを一気に投入し、満遍《まんべん》なくかき混ぜたらタネの完了。

スライムスターチは万能粉。俺のスキルも相《あい》まって、いい感じにハンバーグのタネみたいになっている。美味しいと分かっているが、ちょっと不思議だ。


「ヒバリ、ヒタキ、このタネを軽く握って、スプーンですくって、形を整えて……こんな感じで」

「おぉ！　面白そうだね。がんばるぞ～」

「ん、分かった。手早くがんばる」


ほぼミートボールの作り方になっている。最初のタネ作りを2人と一緒にやる。

慣れた頃合いになれば俺はタネ作りから外れ、コンロの側に行き大量に焼く準備。

フライパンを3つ使って、3人で焼いていく。

適度にタネを転がしつつ、カリッと焼き色がついたら用意してある器《うつわ》に移す。

【あつあつはふはふクラーケンボール】

海の暴れん坊クラーケンの触手をふんだんに使ったクラーケンボール。たこ焼きのような、ミートボールのような不思議な食感。様々な食材が入っており、栄養満点食べ応え抜群。冷めても美味しい一品。レア度６。満腹度＋８％。８分間、水中での盲目《もうもく》・窒息《ちっそく》耐性。

【製作者】ツグミ・ヒバリ・ヒタキ（プレイヤー）

器がクラーケンボールで満タンになったら、インベントリに入れる。ついでに大人しいリグ達の様子もチラ見するとぐっすり寝てた。


「こっちタネなくなったよ〜！」

「ん、こっちも」

「……俺の方もこれを焼き終わって、そこのを焼けば終わりだな」

「じゃあ、私達で使ったの片付けとくね」

「ん。朝食食べに早く行ける。分担分担」


一心不乱に料理していたら、ヒバリとヒタキは焼き終わったらしい。

俺の分はもう少しあるけど、２人が後片付けしている間には終わりそうだ。

……さて、俺も全部終わったぞ。クラーケンボールを手早くインベントリにしまう。

調理器具は船ギルドの所有なので、３人で綺麗にして元の場所へと戻しておく。

ぐっすり寝ているリグ達を起こして、俺達は調理場をあとにした。

目指すは朝食。ま、気合いを入れなくても食堂は目と鼻の先だけど。

◆◆◆

食堂には、まだ片手で数えられる程度の人しかいなかった。

しかもそのうちの数人は調理場にいた人達。客は俺達が最初らしく、ちょっと得した気分だ。

朝食も昨日食べたときと同じような形式なので、俺達は隅の方に着席する。

「ツグ兄ぃ、いっぱい料理取ってくるね！」

「あ、今回は俺も行きたい」

「ん、ならリグ達は私が見てる。行ってらっしゃい」

他人の作った料理を主夫として見てみたいので、俺も手を上げた。

どっしり腰を落ち着けていたヒタキがリグ達の頭を撫でつつ言ってくれたので、ありがたくヒバリと一緒に料理調達に行こうと思う。ヒタキの好物の野菜を多めに持ってくるからな。

美味しそうな匂いに満面の笑みを浮かべるヒバリと一緒に、ホールの真ん中にある料理島に行き、４つに仕切られたプレートを手に取った。

普通ならご飯、おかず、副菜、好きなもの、なんだろうけど、ヒバリはお肉を中心によそっていた。朝から重い。

ちょっと歪《いびつ》なオムレツ、ポトフのような野菜のゴロゴロ入ったスープ、ヒバリが喜ぶ肉の塊《かたまり》もある。

ジャガイモを潰したマッシュポテト、香草と山菜キノコのサラダ、魚のソテーや魚介類盛りだくさんのカルパッチョ擬《もど》きもあった。

これだけ用意できるのは素直にすごいと思う。

「ヒバリ、このプレートもついでに持ってって。俺はこの野菜ゴロゴロスープをよそう」

「はぁ～い。あ、ジャガ多めで！」

ご飯やパン、サラダを中心に盛り、いったん帰ろうとしているヒバリにプレートを手渡した。

そしてヒバリのお願い通り、ジャガイモ多めを意識してスープを深型器によそっていく。

お？　この匂い、塩コショウだけじゃないな。もしかして万能調味料？　お、俺も欲しい……。

そんなことを思いながらよそい終わり、リンゴを搾《しぼ》ったジュースがあったのでそれもプレートに人数分載せて、皆のところへ戻る。

ヒバリは入れ違いに「もっと肉を持ってくる！」と意気込《いきご》み、行ってしまった。

ヒタキと顔を見合わせる俺。まぁ、食べられるから持ってきてもいいか。

「ヒタキは好きな食べ物持ってこなくても大丈夫か？」

「ん？　んぅ、デザート系持ってくる。いいのがあれば嬉しい」

「あぁ、いってらっしゃい」

一緒に座っているヒタキに問うと、少し考えてから立ち上がった。

そう言えばデザート系をあまり探さなかったか。ヒバリはどうせお肉のことしか興味がないみたいだしな。

気配《きくば》りのできる可愛い妹に感謝しつつ、そわそわしているリグ達にまずは飲み物を進呈《しんてい》。

ゴクゴクとよく飲むので、持ってきた分では足りないかも。

「ツグ兄、これ可愛いから持ってきた。デザート」

先に行ったはずのヒバリより先にヒタキが帰ってきた。1枚のプレートを持ち、その上には少し形の歪《いびつ》なうさちゃんリンゴがあった。

うさちゃんリンゴ……久々に見た気がするな。中心に近い部分にはたっぷりと蜜《みつ》が詰まっているようで、食べるのが楽しみだ。

ヒバリは放っておいてもいいかなぁ、と思っていると、察知したのかヒバリが慌てて帰ってきた。

テーブルにプレートを置いたヒバリが席に着き、皆で「いただきます」。

おぉ、美味しい。オムレツもしっかりと味付けがされていて、シンプルなマッシュポテトと一緒に食べると幸せな気持ちになれる。

自分でも食べてリグ達にも食べさせ、とわんこ蕎麦《そば》ならぬ魔物蕎麦をやっていたら、一心不乱に食べていたヒバリがガバッとこちらを向き、幸せそうに笑った。

「んん～、おいひぃ～！」

「ん、美味しい。もち、ツグ兄の料理も美味しい」

(>w<*)

「シュシュ～ッ！」

ヒタキとリグは俺への配慮《はいりょ》も忘れない。あ、ありがとう。

俺がリグ達の口へ食べ物を詰め込むことに慣れてきたころ、口いっぱいに頬張ったものを呑《の》み込んだヒバリが話し出す。

「あ、そうそう。目的地の漁港まであと少しだって。早ければお昼過ぎに着くんだって」

「ん、今回は魔物が出たから夕方になるかもって」

「へぇ、なるほど」

業務連絡でもあったのか？　いや、料理をよそっているときに船ギルドの人達が話していたのを聞いたのかな？

「まぁ新しい場所に着くとしても、俺達はもうそろそろログアウトだけどな」

「ふふ～、分かってるから大丈夫だよぉ」

今日は木曜日なので、ヒバリとヒタキは明日も学校がある。しつこいと言われようが、俺はこの2人の保護者なのだ。

今回もかなりの量を皆で平らげ、デザートに可愛いうさちゃんリンゴもいただいた。

こうして朝食を終え、人が多くなってくる前に食堂から出た。

あと船上でやれることと言ったら、部屋で休むか、調理場に行くか、甲板で釣りか、探検か……とりあえず忙しく動いていた気がするので、いったん部屋に帰ろう。


「えへへ、ハンモックに揺られるんだ～」

「ん、とてもいい気分。一緒に揺られよう」

「え？　ん～、2人で乗れるかなぁ～？」


ゆっくり歩くヒバリとヒタキを追い抜き、俺が先頭を行く。

昨晩、鍵をせずに出てきてしまったから、防犯の意味を込めて俺が最初に扉を開けようと思う。

ヒバリの方が防御力あるし、ヒタキの方が俊敏《しゅんびん》だけど、これはお兄ちゃんとしての強い意志だ。

メイ達がちゃんといることをたまに確認しつつ、部屋にたどり着いた。

「……出てきた通りか」

俺の不審者センサー（仮）も、リグもヒタキも反応していなかったので、部屋の中に誰かがいることはなさそうだ。部屋の入り口で立ち止まった俺にヒバリが話しかけてくる。

「ん？　ツグ兄ぃ？　入んないの？」

「あ、入るよ」

俺は扉を大きく開いて皆を受け入れる。よし、誰も迷子になったりしていない。

それを確認したらゆっくり扉を閉じる。勢いよくやったらうるさいからな。

部屋に入った途端、ヒバリは一目散《いちもくさん》にハンモックに駆け寄り、見ているこっちがハラハラする動きでよじ登った。

「んん～、釣りのリベンジもしたいけど、このままゆっくりしたい気がするぅ～」

「ふふ、ゆっくり考えるといいよ。ヒバリちゃん」

「んぁ～、そうするぅ～。小桜小麦おいで～、ぐぇ」

ゴロンと寝転んだヒバリは、ヒタキの言葉に伸び伸びした口調で返す。

呼ばれた小桜と小麦は、示しを合わせたかのように一緒にジャンプし、ヒバリの腹の上へ着地。２匹は普通の猫より少し大きいからな。うん、そうなるよ。

興味津々にハンモックを見ていたメイもヒバリの腹の上に乗せ、俺とリグとヒタキは椅子に座った。ついでに、作りたてのジュースと残り物のクッキーをテーブルの上に置いておこう。

いろいろあったから、まったり部屋で過ごしたっていいはず。

リンゴジュースのいい香りが部屋中に広がり、ハンモックに揺られていたヒバリ達がいそいそと降りてきた。こっちの方が最優先、だそうで。

その後は飲み物とお茶請《う》けを楽しみつつ、俺達は随分長くいろんなお喋りをしていた。

◆◆◆

次第に船内が騒がしくなり、外は夕焼けが美しくなった。そろそろ降りる準備をしないとかも。

ハンモックは綺麗に畳んでベッド下の収納に戻し、お茶会セットはインベントリにしまう。

汚してないか、忘れ物はないか、しつこく確かめてから部屋を出た。もちろん部屋の鍵を閉めることも忘れずに。

俺達と同じく、ここの港で降りる人達が部屋から出てきて、ゾロゾロと甲板を目指す。甲板に近づくと、荷下ろしなどの作業があるのか、慌ただしい雰囲気がヒシヒシ伝わってきた。

「う〜ん、ちょっと涼《すず》しい？　かなぁ？　ってくらいだね」

「ん、リアリティ設定のない私達だから心持ち」

俺はヒバリとヒタキのお喋りを聞きつつ、タラップ近くにいる青年に部屋の鍵を返却した。

船ギルドからは、次回も自分のところの船に乗ってくれたら嬉しいってだけだった。

この漁港は積み荷を下ろしたりなんやかんやで慌ただしいので、俺達はどこにでもある中央広場を目指すことに決めた。話し合うのに最適だからね。

「あ、雪だ！」

ふと、指を示して歓声を上げたヒバリ。

視線を向けると、路上《ろじょう》の隅に積み上げられた雪があった。ほとんど溶けていて慎《つつ》ましい量だけど。

北国の土地にやってきたことを実感する。リアリティ設定を通常に戻したら、きっと寒いんだろうなぁ。

やや混雑した道を歩き、人だかりのある中央広場に到着。人だかりも気になるが、俺達はまず人気《ひとけ》の少ないベンチを確保して座った。

「ここは、もう試される大地、現実なら北海道。でっかいどう。私達が目指すのは中央の国、北の国、徒歩なら悲しいくらいめっちゃ歩く」

「……か、かなしいくらいめっちゃあるく」

ベンチで一息入れると、なぜかキリッとした表情で話し出すヒタキ。ヒバリがゴキュッとのどを鳴らし神妙《しんみょう》な表情となった。

ヒタキの話によれば、現代技術とファンタジーを融合《ゆうごう》させたのは船だけではないらしい。

蒸気機関車とファンタジーを融合させ、汚染《おせん》物質の一切出ないクリーン走行を実現。ここの交通シェアを独占《どくせん》している機関車ギルドがあるとかなんとか。採算度外視《さいさんどがいし》で北海道中走ってるって。

ええと確か、ここはレジェンナという国で、中央にある都市は「世界樹が育みし大地・聖域」だったかな。単に聖域と言えばここ、って感じらしい。

この漁港はレジェンナ国で最も南と言ってもいい場所。

ヒタキの言葉通りでっかいどうだからな。いくら蒸気機関車があるとしても、早く行動しないといつまで経っても着かない。

「ヒタキ、蒸気機関車の最寄《もよ》り駅と、今回もギルドに予約しないと乗れないとかあるか？」

分かりません！　と清々《すがすが》しい笑顔を俺に向けているヒバリは放っておき、ヒタキの方に身体を向けて尋ねた。膝の上のメイが落ちないように気をつけてっと。

「ん、最寄り駅はここから3時間くらい歩いた先にある街。予約はなくて大丈夫。レジェンナ国から支援受けてるみたいで、現実とほとんど差のない運営してる」

「へぇ、なるほど」

「そして私達はログアウト」

予約なしの運営をしているのは驚いた。大丈夫なのかな？

船も楽しかったから、俄然《がぜん》機関車を見るのが楽しみになってきた。

そしてヒタキの最後の言葉に頷く。

今日の目的は船に乗って北の大地を踏みしめること、だからな。達成済みだ。

明日だってゲームはできるんだから、無理をしないように。

「あぁ、明日も学校があるんだし、少し早いけどそろそろログアウトした方がいいかもな」

「はぁ～い。明日からこの国をいっぱい楽しむぞぉ～！」

「ん、ミィちゃんと予定立ててる。楽しみ」

ヒバリもヒタキがやり忘れがないか確認し、一番重要なリグ達とお別れの挨拶を始める。

俺もリグ達の頭を撫でたり、おでこを合わせたりして十分にスキンシップを取った。そして【休眠】ボタンをポチッと押す。明日も一緒に冒険しような。

一呼吸置いてから、俺は【ログアウト】のボタンを押した。

◆　◆　◆

すぐに意識が浮上し、目を開くと我が家のリビング。

凝った背中を解《ほぐ》すように身体を伸ばして、雲雀と鶲が目を覚ますのを待つ。

2人が起きたらヘッドセットなどの片付けをするように頼んだ。

約束だから言わなくてもやるけどね。そして俺はさっき水に浸けた食器を洗う。

油分で洗いにくくなっていることもなく、みるみる綺麗になっていく食器に、俺はほんの少しテンションが上がる。

鼻歌でも奏《かな》でそうになったとき、片付け終わった雲雀がキッチンの向こう側、カウンターから顔を覗かせ声を掛けてきた。

「ねぇねぇつぐ兄ぃ、明日は金曜日じゃん？　で、次の日は土曜日じゃん？　美紗ちゃん泊まるかもだけど、いいかな？」

「泊まるのは構わないよ。家族ぐるみの付き合いだし。でも、予定はどうなってるんだ？」

「ん、任せて。大丈夫。早苗さん対策もばっちり。美紗ちゃんもお稽古《けいこ》がんばってるし、息抜き息抜き」

「ならいいさ。俺はもちろん歓迎するだけだ」

美紗ちゃんや早苗さんとは話がついているらしく、残るは俺の承諾《しょうだく》のみって感じか。

諸々が大丈夫なら俺は歓迎するだけ。あ、でも夕飯はうどんな。

ちょっとした話し合いが終わったら、雲雀も鶲も部屋に帰るかと思いきや、「俺のお手伝いをする！」と言ってキッチンへ入ってきた。

ありがたく、洗い終わった食器を拭いて食器棚に戻してもらおう。

その間、俺はゴミ集めでもするか。なんにせよ燃えるゴミの日は決まっているのだ。

ゴミはこまめに出してもすぐに溜《た》まってしまう。今も45リットルのゴミ袋が８割も埋まっていた。

俺達でこれだから、大家族だともっと大変だろうな……あぁいやいや、今はそんなことに思いを馳せる時間じゃない。

可愛い妹２人が手伝ってくれたおかげで手早く家事が終わり、戸締まりの確認もＯＫ。

「お休みなさい、つぐ兄ぃ」

「つぐ兄、いい夢見てね」

「はは、お休み。雲雀、鶲」

挨拶してそれぞれの自室へ入る。２人ともまだ起きてるんだろうけど、とりあえずって感じ。

俺も頼まれていた仕事をするからまだ寝られない。

カタカタとキー音を自室に響かせ、俺はデータ入力を進める。

今日はやり過ぎないよう気をつけつつ、十分睡眠《すいみん》時間が確保でき、かつキリのいいところで終わらせた。よし、昨日のちょっとした失敗が生きた。

俺は細心の注意を払ってデータ保存し、確認してからベッドに入る。

明日の夜は賑やかになるんだろうな。

アラームをかけ、布団を肩までかけて目を閉じればすぐ就寝《しゅうしん》。本当に寝付きがいいんだ、俺。

R&M攻略掲示板

【アットホームな】LATORI【ギルドです】part 8

（主）＝ギルマス
（副）＝サブマス
（同）＝同盟ギルド

1:棒々鶏（副）
↓見守る会から転載↓
【ここは元気っ子な見習い天使ちゃんと大人しい見習い悪魔ちゃん、生産職で女顔のお兄さんを温かく見守るスレ。となります】
前スレが埋まったから立ててみた。前スレは検索で。
やって良いこと『思いの丈を叫ぶ・雑談・全力で愛でる・陰から見守る』
やって悪いこと『本人特定・過度に接触・騒ぐ・ハラスメント行為・タカリ』
紳士諸君、合言葉はハラスメント一発アウト！
代理で立てた。上記の文はなにより大事！
・
・
・

書き込む　全部　＜前100　次100＞　最新50

R&M攻略掲示板

117:こずみっくZ

>>98　茹でたらまぁまぁだった。シンプルに海水で塩ゆで。とてもまぁまぁだった。まぁまぁ。

118:魔法少女♂

おっきい船楽しみだなぁ～☆☆★　電車やバスなら通勤でよく乗るけど、船ってなかなか乗る機会ないよねぇ★★☆

119:プルプルンゼンゼンマン（主）

とりあえず点呼でもとるか。あと目立たない装備の確認も。個別でメール送るから、ちゃんと返信するんだぞ。ギルマスとのお約束だ。無視したらほんとに泣くからな。

120:かるぴ酢

>>110　そ、それで、もふもふグリフォンの感想は？　可愛かった？　かっこよかった？　勇《いさ》ましかった？　怖かった？

121:コンパス

ロリっ娘ちゃん達、まだかなぁ～。そわそわしちゃうぜ。

122:餃子

船ギルドの人達と仲良くなった！　今度一緒に海釣りしてくる！

R&M攻略掲示板

おっきいの釣るよ。勝利の栄光を君に！

123:sora豆

ふぁ～付きの防寒ローブを買ってしまった。無駄な出費かもしれないけど、北国は寒いって言うからね。リアリティあれだし。

124:氷結娘

>>116　楽しそうでなにより。今度一緒に国盗《くにと》りしましょ。

125:黄泉の申し子

お、我らが癒やしのロリっ娘ちゃん！

126:ましゅ麿

>>119　がんばえぎるましゅがんばえがんばえ。

127:かなみん（副）

皆とお出かけってなんでこんなに胸が躍るんだろ？　躍る胸がないって？　ぺぺぺぺちゃぱいちゃうわ！　なんてね！！！！！！！

128:棒々鶏（副）

もう、皆遊んでないでさっさと集まって！　でも集まると人数多いからちょっと遠いとこに集まって！　ほら集合だよ！　集合！　遅

書き込む　全部　<前100　次100>　最新50

れたりしても庇《かば》ってあげないからね！

129:夢野かなで

>>120　もっふんもっふんのおめめきゅるっきゅるだった！　おすまししてるときは格好良くて、触《ふ》れ合いタイムのときはめっちゃ甘え上手なカワイコちゃん。今から至福《しふく》の一時ですな！

130:中井

よお～し、大海原にロリコン達も出発だぜ～！

131:密林三昧

>>127>>128　サブマスの温度差に若干草。

・

・

・

166:わだつみ

リンゴは美味しいけど、大量に買うまではいかないよなぁ。俺にも料理スキルあれば買ったんだけども～。

167:甘党

>>159　海は広いけど危険もいっぱいだぞぉ～。もちろん、お空も

危険がいっぱいコレクション。もち、陸もな！

168:ちゅーりっぷ

>>163　んんん～どうだろ？　船ギルの人が見てるけど、今のところ兆候《ちょうこう》はなし。ときたま海鳥が羽を休めに来るくらい。

169:さろんぱ巣

もうお前らは飯を食い終わったのか。昔から悲しいことに食べるのが遅くてな。よく噛《か》んで食べるからいいけど。

170:つだち

>>158　北の大地だろうと南の大地だろうと、俺達はいつも通りの働きをすればいいさ。現代に疲れ切った心を癒やす。ただそれだけ。ふっふっふ。

171:iyokan

リンゴの甘酸っぱい香りがなんとも言えない気分になるじぇ。青春、うっ、頭が……。

172:萩原

自分は今回ご一緒出来ませんでしたので、あとを追いかける形で向かわせていただこうかと思います。皆さんとてもお強いと聞きました。なら行くしかないじゃないですか。ばびゅんびゅん。

173:こずみっくZ

リンゴ自分も木箱買いした。すごい甘くて美味しい！

174:白桃

>>169　ゆっくり食べるのは大事だよ。自分は早食いスキルばっかり育っちゃってダメだわ。一緒に食べよう。足して2で割ればちょうどいいし。

175:もけけぴろぴろ

なんか変な感じするって気配察知持ちが言ってる。もしかしたら敵襲かもしれないから、戦えるの甲板しゅうごー。

176:空から餡子

リンゴ、頼み間違えを格安で譲《ゆず》り受けたらしいよ。邪魔《じゃま》ならインベントリにしまっておけばいいのにね。もしかして、船員キャラになりきりすぎて忘れてんのかなぁ？　えぇ、えぇ～？　聞いてみよう。

177:ナズナ

>>170　それな（分かる）

R&M攻略掲示板

178:焼きそば

お？

179:黒うさ

>>170　通称俺らの通常営業、ですな。いつもの、お待たせ、実家のような安心感、ってね！

180:かるぴ巣

>>175　りょ～かい。とりま行きま～す。

181:餃子

>>175　うぃ。事前に待機しとくと動くの楽になりそうだもんね。なにがでるかな～？　なっにが～でるかなぁ～？

182:黄泉の申し子

え？　ええええええええ！！！！

183:密林三昧

知っててもデカいとビビンバ。

184:ちゅーりっぷ

ひぇ

書き込む　全部　<前100　次100>　最新50

R&M攻略掲示板

185:魔法少女♂

>>175　戦闘苦手《にがて》だから任せたよぉ★★☆　骨は拾うぞ☆☆★　ほら、こんなに★☆きゃわいい☆★子が触手と戯《たわむ》れるなんて、イ★ケ☆な★い☆事故が起こりそ★う☆だもん☆★☆　きゃぴ★★

・

・

・

239:コンパス

大型の魔物が大乱闘は感想に困る。

240:sora豆

はしゃいだロリっ娘ちゃん達可愛かったし、キリッとしたお兄さんも可愛かった。こりゃご飯何杯でもいけますわ。もぐもぐ。

241:氷結娘

しっかし、あの玄武が保護者枠とは……。人に好意的な魔物で話せば分かる……らしい。海は当分いいや。

242:かなみん（副）

>>230　そうなの！！！！！！！！！！！！　ロリっ娘ちゃん達が今、お船の調理場で料理してるの！！！　近くで見ることも出来ないし、

書き込む　全部　<前100　次100>　最新50

R&M攻略掲示板

不審者だって警戒もされたくないから入り口でｈｓｈｓすることも出来ない！！！！！！！！　悲しみが深い也《なり》。

243:中井

>>228　そ・れ・な。わかりみ。

244:こずみっくZ

リンゴの料理してる。羨《うらや》ましい。じゅるり。

245:わだつみ

>>239　まぁ、被害なかったし吹っ飛ばされてきた触手もらえたし良しとしようぜ。尚《なお》、触手の料理はできないものとする。

246:iyokan

俺も料理スキルがあればなぁ。

247:つだち

なんか甲板で酒盛り始めたヤツらがいて、なぜか七輪《しちりん》持ってて、触手炙《あぶ》って食ってて、船ギルドの人に次はないぞって怒られてる。心惹《ひ》かれたけど火気厳禁《げんきん》だから、って断《ことわ》ってよかった。

書き込む　全部　<前100　次100>　最新50

R&M攻略掲示板

248:棒々鶏（副）

そう言えば言ってなかったけど、港に着いたらロリっ娘ちゃん達もログアウトするだろうし現地解散ってことでお願いします。自分も明日は学校ありますしおすし。

249:ましゅ麿

>>242　わかりみにわかりみ。元々不審者だとしても、本物の不審者にはなりたくないナリ。

250:焼きそば

>>240　キャーッ！　私と同じ変態よぉ！　同志！！！！！

251:黄泉の申し子

腹ぺこを装《よそお》ってこっそり調理場を覗く、それが紳士の嗜み。あ、朝食の時間だからペナ受けたくない人は早めに来るように。もちろんロリっ娘ちゃん達もいるぞ！

252:密林三昧

ここでの食事が美味しいと１人飯が空《むな》しいんだぜ。

253:ナズナ

あ、ふねおりたらそっこーろぐあうとしなきゃ。

書き込む　全部　＜前100　次100＞　最新50

R&M攻略掲示板

254:空から餡子

そろそろ船つかないかなぁ。酔ってはいないんだけど、リアリティ切ってるから揺れがヤバい。陸に上がりたい。

255:白桃

>>247　あ、そいつら自分も見た〜。大型の魔物を見てテンション上がっちゃったのかもな。おっきいのってロマンだし。

256:もけけぴろぴろ

やっぱりロリっ娘ちゃん達は魔道蒸気機関車に乗るよね。自分らもいるし、座席の確保できるかなぁ。ギルメン班分けした方がいいかもしれないなぁ。副マスに相談だ！

257:餃子

>>248　りょ〜。平日だからそんなもんさ。自分も朝になったら社《しゃ》畜《ちく》にならないといけないもの〜。行きたくないけど。

258:かるぴ酢

ここのバイキングめっちゃうまい。すげぇ当たり。ホテルのって当たり外れ多いから身構えてたけど。うめ〜。

書き込む　全部　<前100　次100>　最新50

R&M攻略掲示板

259:甘党

>>248　自分もやりたいことあるから現地解散おｋ。

260:中井

あぁ、今日も良きロリコンライフでした。ロリに栄光あれ！

書き込む　全部　<前100　次100>　最新50

紳士淑女達の書き込みは続く。いつもの通りほとんどが他愛もない話で……。

◆◆◆

今日も目覚まし時計が鳴る前に起きることができて、なんだか勝った気分になる。たまに負けちゃうけど、それはそれこれはこれ。

雲雀と鶲は特に言っていなかったし、元気に部活ができるよう、ボリューム溢れる朝食を用意するとしよう。メニューはいつも通りの物しか作れないけどな。精進しないと。

さっさと着替えて顔を洗ったりしてキッチンへ向かい、冷蔵庫を開けて1人でぶつぶつ。

「お、これ使っとかないと。あ、こっちも」

賞味期限間近《まぢか》の食材を手に取り、それに合わせて、できるだけ栄養バランスが良いものを。

雲雀と鶲が起きてくる前に準備が終わり、手際《てぎわ》の良さに、ちょっとだけふふんっと鼻を高くする。

やがていつものように慌ただしくリビングに入ってくる2人に、「朝食は逃げない」と笑いながら言う。ついでに早く席に着くようにも伝えた。

今日も今日とて朝食はパン。雲雀と鶸は好きなジャムやハムチーズなどを載せ、思い思いに食べている。トーストしてもいいし、なんちゃってサラダと黒糖入り豆乳青汁もあるぞ。

そんな中、雲雀が食べ物を急いで呑み込んだかと思えば、俺に向かって言い放つ。

「あ！　今日ね、やっぱり美紗ちゃん来るって！」

「お、了解。泊まり？」

「ん。がっつりきっちりしっかりやるから泊まり」

「そっちも了解。あ、そうだ。美紗ちゃんに夕飯はうどんだって言っておいて。詳しく言うなら肉味噌煮込みうどんだって」

「ん、今から楽しみ。がんばって部活する」

時間もあまりないのでいったんお喋りは中止し、３人で朝食を食べることに集中する。

しっかり食べて大きく育つんだぞ。

あ、飲み物こぼした！　ちゃんと布巾を用意しておいたから、こういう事態にも対処できる。一番良いのはこぼさないことだけど。

忙しい朝には致命傷《ちめいしょう》になりかねないちょっとした事故もありつつ、雲雀と鶸を無事に学校へ送り出した俺は少し休憩。

とは言っても、食器とか洗いながらなんだけどね。無心でできるから休んでるのと一緒。多分。

朝食の後片付けが終わったら、雲雀と鶲が洗濯カゴに入れた服を洗濯。

ちょこちょこっと汚れてる場所を掃除して……代わり映えないことの繰《く》り返しだ。

あぁ、お仕事もあったな。やる前に進捗《しんちょく》報告しないと。


「……進み具合、と、これでよし」


少し苦労しながら携帯でメールを送り、静かに回る洗濯機が終わるまで、俺は自室で仕事をしようと2階へ上がった。

納期までまだ時間があるけど、できるだけ早く終わらせるに越したことはない。残りは半分くらいか。

結果、今日はノリに乗っていたらしく、思った以上に進めることができた。たまにあるよね、こういうの。ノリノリだった代償《だいしょう》は時間の経過に気づかなかったことで、お昼はとっくに過ぎてしまっていた。

その事実を認識すると、お腹が空腹《くうふく》を主張するように鳴り、俺はそれを宥《なだ》めるようにさすりながらデータを慎重に保存する。昔、データ消えたとき本当につらかったよな。

「……適当に摘まめるものは」

キッチンへ行き、冷蔵庫をゴソゴソ漁って適当なものを引っ張り出す。電子レンジでチンするご飯と組み合わせて、ごった煮ならぬ、ごった茶漬けが出来た。

食べ終わったらお腹を落ち着けるため、ソファーに座ってニュース番組を視聴。まぁ、俺が食いつくのは天気予報なんだけども。気持ちよく洗濯物干したいし。

窓から入ってくる太陽が陰《かげ》ってきたのでそろそろ肉味噌煮込みうどんを作り始めないと。皆たくさん運動しているだろうし、今日は美紗ちゃんもいるから、たくさん作って満足してもらわないとな。

たくさん茹《ゆ》でなければならないので、早めに茹で始めるのが正解。

前に作っておいた肉味噌を溶かしてうどんを入れ、煮込むだけの簡単お手軽料理だ。

あとはキュウリを浅漬けにして、飲み物はさっぱりした口当たりの麦茶。

「……どれくらい煮込むのかが問題だ」

雲雀達が帰ってきたら、お風呂のあとなるべく早く食べさせてあげたいからそこまでかな。

現に玄関がなにやら慌ただしくなってきた。ドアを開く音がして、いつも賑やかな妹達の声がリビングまで聞こえてきた。

「つぐ兄様、今日はよろしくお願いいたしますわ！」

双子と一緒にリビングに入ってきた美紗ちゃんは、見慣れたお泊まりセットを持ち、嬉しそうに頬を染めて元気よく言った。

そこまで楽しみにしてもらえるなら、俺としても嬉しい限り。ゲームができることも嬉しそうだし、俺が煮込んでいる肉味噌煮込みうどんにも目を輝かせていた。

3人で楽しそうにしているところ水を差すようで悪いけど、雲雀と鶲は部活をやってきたのでお風呂に入らないと。

「よろしくね、美紗ちゃん。まぁとりあえず、雲雀と鶲はお風呂入ってきな」

「ふぁ〜い」

「あ、わたしも一緒に入ってもよろしいでしょうか？」

「ん！　もち。女同士の熱い話し合いしよう！」

雲雀が間延《まの》びした返事をし、美紗ちゃんが私もと声上げ、鶲が嬉しそうに頷いた。

3人がお風呂へ行った間に、俺は夕飯の仕上げだ。

熱々の肉味噌見込みうどんに少し手間取ったり、麦茶の用意をしたりしていたら、タイミングよくホカホカの3人娘がお風呂から上がってくる。

有意義な話し合いができたのか、なんだか顔がホクホクもしているなぁ。

早く夕飯を食べようと声をかけ、俺は一瞬忘れてたキュウリの浅漬けを取ろうと冷蔵庫を開く。


「ひゃ〜、美味しそう！」

「ん、美味しそうじゃなくて絶対美味しい」

「あの、いきなり申し訳ありませんわ、つぐ兄様。ええと、こちら母から預かっておりますの。受け取ってくださいまし」

色違いの同じパジャマを着用する3人に癒《い》やされていたら、食べる前にと、美紗ちゃんから茶封筒を渡された。

受け取ってすぐに美紗ちゃんは夕飯食べ始めるし、いろいろな意味で若干《じゃっかん》ドキドキしながら開けてみる。中には2人用のデザートバイキング招待券が2枚と、早苗さんからのお手紙が。

要約すると、お仕事でもらったけど自分は行けないから俺達に行ってほしい、たまには私の手料理も食べに来てね、ってことだった。早苗さん忙しいからなぁ。

早苗さんは茶封筒の中身を美紗ちゃんにも伝えていなかったらしく、俺が話すと、雲雀達と一緒になって歓声を上げていた。

その結果、デザートバイキングは明日（土曜）のお昼前に行くことになりましたとさ。忘れないようにしないと。

そんなこんなで夕飯も食べ終え、雲雀達はいそいそゲームの準備を始める。

「あ、美紗ちゃんはこのクッション使って」
「まぁまぁ、可愛らしい鳥さんのクッションですわね」
「えっと、確かシマエナガって鳥だったかも？」
「ん、シマエナガ。雲雀ちゃん、そっちの準備は？」
「あ？　あ〜、うんうん。おっけおっけ、出来てるよ〜」

ゲームの準備を妹達に任せ、俺はいつも通り食器を運んでいく。

今回は肉味噌がべったりしているから、新聞などのいらない紙で表面を拭《ぬぐ》ってから水に浸けておく。これだけで洗う手間が段違いだ。

雲雀達の準備も終わって、俺の準備も出来た。今日は俺の隣に鶉が座り、正面に雲雀と美紗ちゃんというフォーメーション。

……ん？　なんだか俺、テンションが高い気がする。うっかりしないよう気をつけないと。

きっちりヘッドセットを被り、合図してからボタンをポチリ。

すぐにゲームの中へと、俺の意識がゆっくりと沈んでいく。今日も忙しくなりそうだ。

◆◆◆

いつもよりひんやりとした空気と、潮風の匂いに誘われて目を開く。一面の銀世界とは言えないけれど、うっすらと雪の積もった漁港だった。

さっそく俺はリグ達を喚び出すことに専念する。これはいつも通り。

「皆、今日もよろしくな」

(*'w'*)/ｼ

「シュシュ、シュ〜ッ」

(*^ェ^*)

「めめ、めっめめぇめ」

･)人(･ω･*)

「「にゃんにゃん」」

リグ達はとても元気なようで、リグを筆頭《ひっとう》に各々俺に返事をしてくれた。

そんなこんなしていたら無事にヒバリ達も姿を見せ、彼女達は身体を馴染ませるように準備運動をしたりと忙しそうだ。

まずは人の少ない場所へ行き、今日の予定を改めて確認。目的の場所が遠いから仕方ないけども、最近は本当に移動してばっかりだなぁ。

ちなみに今日乗ることになる蒸気機関車は各駅停車らしく、名物のあるところでは下車する気満々な様子。俺も楽しみにしていよう。

「ご飯もアイテムも武具も、私達もリグ達にも異常はなし！　ささっ、出発しんこぉ～！」

「こー」

「……本当に大丈夫かちょっと不安になってきた」

「ふふ、いつものことですわ、ツグ兄様」

とにかく元気なヒバリとそれに便乗するヒタキ。俺の頭を一抹《いちまつ》の不安が過《よ》ぎるものの、肩にポンッと手を置いたミィに慰められた。

まぁいいか！　の精神で気持ちを切り替え、ヒバリとヒタキのあとをついていく。遅れないようにしないと。

時間はきちんと調節してきたので、今のゲーム時間は主婦の皆さんがそろそろ起き出すような早朝。でも、この世界の人達って早寝早起きだから。

ほとんど冒険者しかいない大通りを抜け、大きな丸太で出来た門をくぐり、舗装された道なりに進む。街の外は雪が少し積もっていたが、舗装路はきちんと雪かきされてあった。

見かける魔物の姿も寒冷仕様って感じがする。

スライムは雪に擬態《ぎたい》するように真っ白だし、ゴブリンは体毛が濃く、動物の毛皮をまとっていた。

野犬が見当たらず、代わりにリグよりも大きいサイズの、ウサギやオコジョのような魔物の姿がチラホラ見えた。

俺達の様子を遠くから窺《うかが》うだけで、襲ってこようとはしない魔物達。それを横目に俺達は目的地へ進む。

「王都のあたりは温暖、ここは寒冷。気候で魔物の分布も変化するから、新しい素材アイテムが楽しみ」

「うんうん！　食材だと尚《なお》よしって感じ」

ヽ(・エ・)ノ

「めめっめぇめめ！」

ヒタキがいつものように簡単な説明をしてくれて、ヒバリは楽しそうに頷き少しズレた返事。

メイは新しい魔物と戦えて嬉しいってところかな。ミィは言わずもがな。

物珍しさからかあたりを見渡しながらひたすら足を動かしていると、3時間と言われた道のりを2時間で歩き終えてしまった。

あ、ダメとかじゃなくて、普通にビックリした。道中に魔物がちょっかいをかけてこなかったから、ってのもあると思う。

「ツグ兄ぃ、ここが駅街デルフィニウムだよ！　奥に機関車あるみたいだから、すっごぉ～い楽しみ～！」

「ん、駅は特産のない街の唯一の特産。人は多いし物も集まるし、ん？　それも特産？」

「造りはどこもほぼ一緒なので物足りませんが、新天地なので、胸がワクワクいたしますの！」

「とりあえず落ち着いて、順々に話してくれ」

まだ門すらくぐり抜けていないと言うのに、とても楽しみなのか、3人一斉に話しかけてきた。

お兄ちゃんの耳はそこまで高性能じゃないから、残念だけどさっぱり聞き取れなかったよ。慌てずゆっくり正確に、を心がけたいものだ。俺もね。

もう1度1人ずつ話してもらってから、メイ達の様子を見て街の門をくぐった。

歩き通しだったから疲れてないかなぁ、って心配したんだけど、むしろ元気が有り余ってた。戦ってないからか。

ここの門も大きな丸太で作られており、街も木造建築が多い気がする。

木造って断熱性《だんねつせい》に優《すぐ》れていたかな？　剣と魔法の世界だから気にしない方がいいか。

冒険者向けに作られた大通りは一本道になっていて、普段との違いはなんと言っても奥に見える大きな駅舎。

モノトーンな色合いで建造されている駅舎の存在感は圧巻《あっかん》で、なぜ街の中に入るまで気づかなかったのか。あ、街の建築物は木造が多いけど、冒険者ギルドと作業場は絶対レンガなのな。

「ちょっと早い時間だからまだ駅はやってないかな〜？」

「ん、朝は8時から夜の9時くらいまで。さすがに24時間営業はできないみたい。ギルドの人達が運営してるみたいだから」

営業時間があるのなら、それに準じて俺達も動けばいい。ヒバリとヒタキの話を聞いていたら、どこか自信満々な表情をしたミィが補足してくれる。

「ええと、補足いたしますと、ギルドの皆さんは車掌《しゃしょう》さんになれてとても楽しそうですわ。幼き頃の夢が叶ってなによりです」

「な、なるほど？」

口にも出しちゃったけど、なるほど。ゆ、夢が叶うのは嬉しいことだよね。

「え～っと、あと1時間くらいしないと駅が開かないね」

「大したことはできないと思うんだけど。困ったときの観光でもするか？」

「名案ですわ！　たまにしかここへ来られませんもの。隅から隅まで楽しみませんと」

眉を八の字にしてムム、と唸るヒバリに、俺はいつものセットをオススメしてみた。んでミィはとても楽しみにしている様子。

彼女が落ち着くためにも、ゆっくり観光しないといけないかもしれないな。

ほら、予定があったとしても俺達なら変更しても一向に構わないし？　自由だし？

ヒタキからも承諾をもらったので、俺達は少しずつ人の増えていく大通りへと繰り出した。

観光と銘打《めいう》つくらいなのだから、まずは大通りにひしめいている露店《ろてん》でも眺めよう。たまに面白いものや珍しいもの、胡散臭《うさんくさ》いものがあって見ているだけで楽しい。気をつけないとかなり時間が経ってしまうかも。

生活雑貨、継《つ》ぎ接《は》ぎの目立つ古着、大量の薪《まき》、大量の香辛料、木製のオモチャ……って香辛料？

軽く見ていただけなので素通りしてしまったけど、料理を作る俺としては、香辛料は見逃せない！　ヒバリ達に声をかけ、戻って香辛料の露店に逆戻り。

俺達以外にもプレイヤーやＮＰＣのお客さんがいるから、少し遠巻きに店を眺めた。大通りは道幅《みちはば》が広いから邪魔になる心配はない、多分。

「んは～、大きい麻袋にドーンッて詰めてあるんだね」

「ん、量《はか》り売り。持って帰る容器は持参」

「ホワイトペッパー、ガーリックソルト、アップルシナモン、塩コショウ、砂糖や蜂蜜、醤油《しょうゆ》、味噌なんかもありますわね。平均より少し高めですが」

(∩´ｗ`)∩

ヒバリ達が楽しそうに話している傍《かたわ》らで、俺は持ち合わせてのお金と香辛料を入れる容器の数をひたすら考えていた。

彼女達ががんばって魔物を倒して稼いでくれたお金があるし、自分がガラス砂で作ったガラス瓶もある。

必要経費だし？　ヒバリ達だって美味しい料理を期待してるし？　よぉし、買うか！

「まずこれとこれ……これも。あとそっちのと、その手前。ひとつ飛ばしてそれと、あの奥にあるのも」

ここからは俺の本領発揮と言ってもいい。どんな歴戦の強者でも邪魔ができない雰囲気をまとい、いろいろ選んで無事精算《せいさん》。

若干頼みすぎた気もするけど、美味しいご飯のために妥協《だきょう》は許さない派だから仕方ない。

「ホクホクですわね、ツグ兄様」

「あぁ、これで料理のバリエーションが広がるからな。美味しいご飯は冒険の活力、だろ？」

「シュ〜ッ、シュシュ！」

あまり顔に出していないはずだったのに、ミィが的確に俺の思考を当ててきて、湧き上がってくる恥ずかしさをできるだけ誤魔化した。

まぁ、誤魔化せてるとは言い難いけども。長い付き合いだからバレてそうだけども。

と言うか、リグが返事してくれた。さすが。

他には特に見るものもないかなぁ。

装備《そうび》は俺の生産でなんとかなってるし、スキル屋も、俺達の成長するスキル枠に空《あ》きはない……と思う。ほどよく時間も潰せたと思うので、駅に向かおうと歩き出した。

駅は基本的に木造なんだけど、床は硬《かた》い石のようだ。素材の名前は分からん。

大きな玄関口を抜けると構内は広々しており、切符売り場、精算所、コインロッカーならぬ木のロッカー、トイレ、インフォメーションセンターなどが見えた。

両端に階段があり、2階にフードコートのようなものがあるらしい。もちろんヒタキ先生の談。

「うわぁ～、間近で見ると本当に大きいねぇ！」

「ええと、こちらは世界最大最強級の蒸気機関車、ビッグボーイを模して作られており、車体の長さは40メートルを超えるのだそうです。大きい方が強そうで好ましいので、わたしは素敵だと思いますわ！　そして、合体ロボだと言われても否定できません！」

REAL&
28

「ちなみにレールは特殊な加工を施した埋め込み式で、機関車もいろいろ魔改造してほぼ無音で走れるとかなんとか」

「へぇ、なるほどね」


すごい駅と機関車に興奮するな、って言う方が無理な話だ。駅の中に入ってドーンッと
その存在感を醸し出す機関車に、ヒバリ達が興奮したように喋り出したのも無理はない。

俺も興奮している。ミィの言うとおり、デッカいものはロマンが溢れて胸が躍る。

でも強《し》いて言うなら、俺達はまだ切符すら買ってないんだ。買わないと。

ええと、券売機……じゃなくて切符売り場は、ＮＰＣの奥様が販売員をしていた。

料金はかなり大雑把《おおざっぱ》で、乗車料金の１０００Ｍ《ミュ》に加え、一駅ごとに５００Ｍが加算される。ペットの乗車料金も1匹１０００Ｍだが、こちらは一駅ごとの追加料金はなし。

買う前の確認として、売り場の頭上に掲げてある大陸地図を見ながら金額をふむふむ。


「……一気に行くと5駅だから、合計で1万８０００Ｍか。予約、ＢＯＸ席、共に１０００Ｍプラスだから、２万Ｍぽっきり」

「ん、ぽっきり。計算できてないの？　って心配になる」

「一応、黒字らしいけどね。あはははは」

ヒタキの言葉に全力で同意し、ヒバリと一緒になって乾いた笑いをしておく。

ミィはメイ達のことを見てくれていて、話には参加せず、最後にお任せすると一言。

じゃあ、こういうのはケチケチしないでいい場所で景色を見よう！　と予約もＢＯＸ席もありの、合計２万Ｍ也《なり》。

とりあえず聖域に行きたいから、まずは寄り道なしの方向で。半日も乗れば到着するらしい。

すぐに駅へ来たから予約もガラガラで、俺達は1両目の良さげな場所を選んだ。まぁ、ＢＯＸ席は前の方の車両しかなかったけど。予約は要らないって、こういうことだったんだな。

発車まで時間はあと10分くらい？　最終整備確認中らしいよ。

「上のフードコートでなにか買うにも時間がないし、飲食持ち込み可だから、ツグ兄ぃの手料理を食べればいい。なんなら車内販売もあるから、販売員さんが来たら買えばいいと思うよ！　ふんすふんす」

「そ、そうだな。遅れて乗れなかったら悲しいし、もう機関車のところに行っておくか」

「ふふ、確認もすぐに終わりますものね」

俺達は寄り道せず、早めに機関車乗り場へ向かった。

切符を切るのも、手動の穴開けパンチみたいなものを使っていた。機関車をはじめ古い時代の技術は、やっぱりロマンだからかな。

あたりをキョロキョロしていたら、10分なんてあっという間に過ぎてしまう。

俺はひとつにまとめた切符を見つつ、列車の中で座席を探す。

簡単に見つかった。なにせBOX席だ。大きな車内でも広い通路左右に5つしかなく、合計10席。

前から3番目の右でホーム側、座席は広々ゆったり空間。

個室ではないので騒いだら他の客に迷惑だろうけど、仕切りはきっちりしており、他人の目は遮《さえぎ》れそうだ。

「ふぁ〜、さっすがって感じの席だねぇ〜」

BOX席を見たヒバリがいの一番に座り、座席をポフポフ軽く叩きながら満面の笑み。

「やはり快適さは大事。ここから半日座りっぱなし」

「ええ、お尻は大事ですものね。皆さんも座っているのがつらくなったら、わたしの膝枕が火を噴《ふ》きますので、是非お使いくださいな」

「ここテーブルになってる！　ご飯出し放題！」

「ん、窓は半分だけ開けられる。景色眺め放題」


席にリグ達を座らせても大丈夫か、機関車ギルドの人にきちんと聞いてきたので、俺はヒバリ達がわちゃわちゃしている隣でリグ達をご招待。

俺も綿の詰まった座り心地のいい座席に腰を落ち着ける。ふかふかしているので、これなら長時間座っていても安心だと思う。

少し経ったら彼女達も落ち着きを取り戻し、声量を落としつつお喋り。

しばらくまったりしていると、どんどん乗客が乗ってきて、周りが心地よい喧騒《けんそう》に包まれた。

誰かがお喋りしているのは分かるけど、仕切りのおかげで顔が見えることはない。よしよし。


「あ、出発するみたい。笛《ふえ》が鳴ってる」

「おぉ、ホントだ。ゆっくり動き出し……いや、加速がすごいな」

「ん。魔法の機関車だからね」

ヒバリの言葉に窓の方を向くと、少し遠い場所に機関車ギルドの人がいて、長めに小気味よい笛を吹いていた。

これが出発の合図らしく、駆け込み乗車をした人が怒られている。早めの行動を心がけような。

ヒタキ先生曰《いわ》く魔法の機関車が、すぐグンと加速する。

レールを走っている感覚がなかったのでヒタキ先生に聞いてみたところ、魔法の力だとか。

景色の流れるスピードがかなり速いけど、やっぱり半日は乗りっぱなしなんだよな。それだけこの大陸が大きいということ。

今は走り出したばかりだからヒバリ達も窓の外に釘付けだけど、もう少ししたら飽きちゃうんだろうなぁ。

「魔物避《よ》けも仕込んでるみたいだし、情熱がすごいよね！」

(∩´w`)∩

「シュシュッ」

「今向かってる聖域は、敵も歯ごたえあると思う。始まりの街から大きく離れることによって、敵が強くなるから」

(*°エ°*)

「めめっめめぇめ！」

「楽しみですわ！」

窓から見える景色を眺めながらヒバリ達は思い思いにお喋りし、とても楽しそう。

静かな小桜と小麦はと言えば、お互い無心で毛繕《けづくろ》いをしていた。猫は清潔好きだから、毛繕いに余念がない。

「あ、飲み物が欲しくなったらすぐに言うんだぞ」

「はぁ～い！」

俺は窓の外に夢中の皆に話しかけておき、とりあえず注意を促《うなが》しておく。大したペナルティじゃないけど一応ね。

満腹度はまだいいとしても、給水度は個人によって割りと差があるから、自分で気にかけておかないといけない。

しばらくして、ヒバリ達も森と青い空が広がるだけの景色に飽きたのか、きちんと席に座ってのお喋りタイムに突入。

3人娘は話題が尽きることがないらしく、ずっとお喋りしている。俺は頭に乗っていたリグを膝の上に乗せて愛《め》でていよう。触り心地抜群。

1時間が経ち、不意に前方からカラカラと音を立てて、食品カートのようなものを押すプレイヤーさんがやってきた。これがもしかして車内販売。

プレイヤーだからインベントリがあるので、カートはいらないのでは……いや、やりたいことを実現したギルドだから、きっと必要なのだろう。

今はまだ朝なので、カートの中は軽食が主だな。ヒバリ達は興味なさそうだ。

それから2時間後。次の駅街にたどり着くらしい。

「ん、そろそろ駅に着く。私達は途中下車しないけど」

「おぉぉ、お馬さん！……にしてはデカい」

「あれは、輓馬《ばんば》が基《もと》になった魔物パースですわ、ヒバリちゃん。群《む》れで行動しますから、戦うのは骨が折れますわね」

ミィの言葉に俺も窓の外をチラッと見れば、競走馬の2倍も3倍もあるような、大きな馬の魔物が群れていた。

あれだけ大きいと、食べる草の量も半端ないだろうなぁ。ちなみに雑食だから肉もイケるらしい。さすが魔物。

駅に着いたら、乗降する客、駅弁を販売する人が行き交うものの、俺達はずっとＢＯＸ席にいるので関係ない。

何時間も乗っていると、さすがに皆ボーッとする時間が増えてきた。リグ達はもう寝てるしな。


「ねぇツグ兄ぃ、あれ買ってほしいなぁ～」

「ん？　あれってどれだ？」

「え～と、あのカートの手前にあるスナック煎餅《せんべい》！」

「あぁ、あれか。すみません」

とりあえずお昼を過ぎたあたり、俺達は昨日がんばって作った料理を摘まんだりしていたんだけど……ヒバリの欲しがったスナック煎餅なるものを車内販売で購入。

そう言えば、お菓子は甘いデザートって感じで、これまで塩味のものはなかった気がする。

って言うか、これ薄揚げポテトじゃないか。揚げてすぐっぽいホカホカ感。

「んふふ～、これ食べて英気を養おう！」

そんなこんなで窓を眺める、食事を摘まむ、お喋りを楽しむ、順番で仮眠する、を数巡繰り返し、ようやく聖域の駅街に到着した。

今回はずっと座っているだけだったから、次はふらっと途中下車の旅をしよう。そうしよう。

聖域も他の都市と大差ない造りをしている。これはゲームの仕様上だから気にならない。むしろ覚えやすくて助かったりする。

だけど違う点がふたつほど。

ひとつ目は積雪《せきせつ》。漁港とは比べものにならないくらい積雪があり、雪かきがされていないところは俺の身長より遥《はる》かに高く積もっていた。

ふたつ目は世界樹と呼ばれる大樹。遠目に見ても圧巻の一言で、駅からだと真上を見上げる形になってしまった。

世界樹を見ていても進まないので、ヒバリ達を連れていつものように行動しよう思う。

リアリティ設定のおかげで寒くないけど、周りは皆暖かそうな格好をしているな。俺達の服装はちょっと場違い？　話し合う必要がありそうだ。

凍《こお》ることなく水を噴き上げる、謎仕様の不思議な噴水に皆で首を傾《かし》げつつ、いつものように隅っこのベンチへ腰掛ける。ここも木造建築が多い。

「今は特に雪が深い時期みたい。明日には溶けて、港くらいの積雪になる……かも？　北の地だから雪は仕方ないけど」

「はぁ～なぁ～るほどぉ？」

「わたし達、積雪のことはあまり考えておりませんでしたわね。周囲の確認と、できれば少し街の外に、くらいで済ませた方がいいかもしれません。無理はせず、明日荒ぶれば良いのです」

「ほぉ～なるほどなるほど？」


ヒタキはウインドウを開き情報を集め、ミィはメイを膝の上に乗せ、片頬に手を添えため息をつき、ヒバリはおかしな返事に命をかけていた。

ええと、周囲の確認って言っても、ギルドに行ってクエストを眺めるだけとかになりそう。

まぁとりあえずギルドに行ってみよう。

レンガ造りのギルドは屋根に少し雪を残してはいるものの、入り口や通路はきっちりと雪かきされていた。うっすらと雪が残っているけど。

いつも通り見慣れた内装って感じだけど、動物や魔物の毛皮が椅子に敷いてあり、少しでも暖かくという職員の気遣《きづか》いが感じられた。

時間がもう夜だからか、冒険者は疎《まば》らだ。

俺達はクエストボードへ向かった。俺達が大勢でクエストボードに張り付いていても、人がいないので問題ないと思う。

「はぁ～、クエストいっぱいあるねぇ。冒険者にとっては嬉しい悲鳴なんだろうけどもぉ～」

「ん、ＮＰＣクエストは雪かき関連が多い。プレイヤー系は木工、料理、素材集め。あまり代わり映えがない、かも？」

「あら～、いつも倒しているゴブリンやスライムも討伐《とうばつ》ランクが少しお高いですわ。でも、それだけ倒すのが楽しみになるので良いのですが……」

ヽ(*・ェ・*)ノ

「めっめめぇめ」

各々好きなようにクエストを見てはお喋りし、楽しそうな表情を浮かべている。

すると突然ヒバリが「ハッ」と口に出し、木製のコップを自身のインベントリから取り出して、休憩スペースへ行ってしまう。

いきなり行くのはどうなんだろうなぁ。ヒタキやミィと顔を見合わせて軽く笑い、俺達はメイ達を伴いヒバリの後を追う。

お湯を分けてもらったのか買ったのか、彼女はホクホク顔で湯気《ゆげ》の出るカップを持っている。

「ツグ兄ぃ～、リンゴジャム溶かして飲みたぁ～い」

「ヒバリ、いきなり行くのは危ないから次はなし」

「あ。はーい。ごめんなさい、次はしません」

ホクホクしたヒバリには悪いがきちんと言っておかないと。すぐに反省したので良し。

休憩スペースに座って彼女のカップにリンゴジャムを落とす。

そう言えば、ジュースやハーブティーはあるけど、お湯だけは手持ちがなかった。今度機会があれば作っておくといいかもしれない。

「ツグ兄、私達ももらってくる。コップちょうだい」

「あぁ、さすがにヒバリだけってのはアレだもんな」

「はい。さすがにアレですわ」

真剣な眼差《まなざ》しをしたヒタキに言われ、俺はインベントリからコップふたつと深型の皿を取り出した。俺とリグ、メイ、小桜小麦がよく使う食器だな。

こうして皆でリンゴジャムティー？　を楽しんでからギルドを出た。

さすがに今、クエストをやるとなるとそれなりの技量が求められるし、安全圏《けん》でまったりゲームという俺達の信条が崩れてしまう。

魔法道具と篝火《かがりび》で照らされる聖域もいい雰囲気だけど、やっぱり朝にならないと基本動けないので、ヒタキ先生に宿を探してもらう。今日はギルドルームじゃないらしいぞ。

たまに困るような宿を選ぶときもあるが、基本ハズレはないから。

ヒタキは宿を決めたらしく、彼女を先頭にして歩き出した。


「ん、今日の泊まる場所はこちらになります」

「ばばぁ～ん！」

「ふふ、冒険心トキメク宿ですわね」


ヒバリの効果音はさておき、ヒタキの選んだ宿は木の温もりに溢れた、どこかホッとする……って言うか、ほぼ木。

世界樹と比べれば小さいけど、現代日本ではお目にかかれない大樹をくり抜いて、内部に様々な処理をして宿にしたらしい。

お値段なんと、夕飯付きで1人2000M。リグ達は人の半額で1000M。

「夕飯の時間はそろそろ。料理ギルドに監修《かんしゅう》されたシチューが美味しい、とプレイヤー達の中でも評判。どう？」

表情を輝かせた皆の前で、断れない雰囲気を作るヒタキはやり手だと思います。まぁよっぽどのことがない限り、断るなんてことはしない。

お目々キラキラの皆を引き連れ、大樹の宿屋に入り、1万2000Mを払って鍵をもらい部屋へ。ちなみに夕飯はあと15分程度で出来上がるってさ。

部屋の中は、天井も壁も床もベッドもテーブルも椅子もすべて木製。

あ、カーテンとか布団とかマットは木製ではないぞ。一応。

いつも泊まっている宿の倍くらい広く、ロフトもあったりする。ぱっと見コテージのようだな。

ヒバリ達がさっそくと言わんばかりに武器などをしまっているので、俺もくつろぎモードにさせてもらおう。

あ、そろそろヒバリ達の武器も耐久値を気にした方がいいかも。

ベッドに上れないメイを助けてあげた方がいいだろうし、そろそろ夕食だから準備した方がいいだろうし、湧き水を汲《く》んどいた方がいい。

「あ、ツグ兄ぃ夕飯だよ！　夕飯！　シチュー！」

「へぇ、言いに来るんじゃなくて音で知らせるのか」

「効率を求めた結果、ってやつなのかもしれませんわね」

この大樹には呼応という効果があるらしく、それを夕飯の合図にしているらしい。ポーンという少々間の抜ける音だけど、決して嫌な音ではなく耳にスルッと入ってくる不思議な音。

「ん、夕飯は自分でプレートを持って、好きなお皿を取っていく形式。好きなものを好きなだけ食べられはしないけど、皆美味しいから気にしなくていい、らしい」

「早く来ましたから、他の客がほとんどおりませんわ」

「ツグ兄ぃツグ兄ぃ、早く早く！」

(∩*´ェ`)∩

「めっめ、めぇめっめ」

広々空間の食堂の中は、ミィの言うとおり、人が数えるくらいしかおらず、席は選び放題。でも、いつも似たような場所に座っちゃう。

興奮しているヒバリとメイを落ち着かせて、さっそく料理を取りに行こう。

でもあれ？　リグ達の料理は、俺達と一緒のものを持って行っていいんだろうか？

そんなことを思いつつプレートに、パン、シチュー、サラダ、カットフルーツ、香辛料の入ったホットティーを載せ、一揃《ひとそろ》え。

その際、ペットやテイムされた魔物用に、切り落としで出来た餡《あん》かけ団子を料理人さんが持ってきてくれた。ホカホカ湯気が立っていて美味しそうだ。

「普通に美味しそう……ごきゅり。ハッ、いやいや」

大皿に盛られた餡かけ団子を見て喉《のど》を鳴らすヒバリだったけど、どうやら正気《しょうき》に戻ったようだ。

各自料理を持った俺達は、座って食事を開始する。

カットフルーツはリンゴのようなブドウのような、不思議だけど瑞々《みずみず》しい。

パンは雑穀《ざっこく》が入っているのか、噛めば噛むほど様々な味が出てきた。

サラダは寒い場所だと甘くなる、という言葉実現しているようで、ソースがなくても美味しい。

香辛料の入ったホットティーは少しピリッとくるけど、身体の芯からポカポカしてくる。

シチューはゴロゴロお肉と野菜が、口に入れたらホロッと崩れるくらい煮込まれており、牛乳がケチらず使われクリーミー。スライムスターチのおかげか、トロッとして身体が温まる気がする。

全体的に文句なし大満足。おかわりできないけど。

やがて客が多くなってきたので、食べ終わったらささっと片付け、部屋に戻る。人が待っているのに、ゆっくりしてるのはちょっとなぁ、と。

ヒバリ達が早くギルドのクエストボードを見たいそうなので、今日はもう就寝してしまうことにした。

◆◆◆

「……やっぱ、意味分からん」

「む、気にしたら負け」

「そう、そうだな！」

目を閉じたと思ったらすぐに目が開き、先ほどは真っ暗だった窓の外が朝になっている。

ちょっと慣れない俺は思わず呟き、ヒタキに慰めてもらう。優しくしてくれて嬉しいよ。

皆起きてから武具などを忘れないように装備し、大樹の宿屋から出てギルドへと向かった。

朝日を浴びる雪はキラキラして綺麗だ。

ツンとした冷たい空気の中、ギルドに着くと、昨日の夜よりは冒険者の数が多く、クエストボードを見ている人もポツポツいた。

俺達はなんとなくいいクエストがあったらいいなぁ、くらいなので空《あ》いているクエストボードのところへ行って皆でしげしげ眺める。

隙間が空《あ》いている掲示板、稼げるクエストはもう他の冒険者に持って行かれたかもしれない。

ヒバリ達の様子が気になってそちらを見ると、もう2枚のクエスト用紙が握られていた。見つけるの早いな。さすが。

「今回はどんなクエストをやりたいんだ？」

「えへへ〜。氷割りと、いつもの割安だけど魔物を倒したらお金がもらえるやつ。楽しそうだよね！」

「え、氷割り？」

ちょっと想像できそうにないな。ヒバリからクエスト用紙を手渡されたので読んでみよう。

【北西にある貯水池《ちょすいち》の氷割り】
【依頼者】聖域ギルド
聖域の北西地区にある貯水池の氷割りをお願いします。楔《くさび》と木槌《きづち》の貸し出し可。緊急《きんきゅう》ではありませんが、貯水池は生活水にもなっております。早めに取りかかっていただけると幸いです。
【ランク】E
【報酬《ほうしゅう》】1万M。

なるほどなるほど。これは派手《はで》さのない依頼だけど、住民が困っているなら話は別だ。

まだ完全に凍ってはおらず、余裕を持って依頼しているみたいだが、早い方がいい。

楔と木槌でヒビを入れて、メイの大鉄槌で一発そうだし。

ふたつのクエスト用紙を持ち、受付に行って受理してもらった。

ちょっとした注意事項を聞き、麻袋に入った楔と木槌を受け取り、ギルドから退出する。

予定としてはこのまま貯水池に行って氷を割り、外に出てお昼頃まで魔物退治。

そのあとギルドに報告してなにもなければログアウト、って感じかな。

「こっおり～♪　こおっり～♪」

「ん、雪も氷もあまりない地域だから楽しい」

「そうですわねぇ、暖かな地方ですもの」

大通りから北西の貯水池へ、まったりと雑談しながら歩いていく。気を抜きすぎるのはダメだけど、これくらいなら我が家の通常営業。

この聖域は他の街より何倍も大きいので、貯水池にたどり着くまで20分くらいかかった。

貯水池は学校の25メートルプール10個分くらいの大きさかな？

水が入ってくるところと出ていくところがあって、少し流れがあるんだけど、表面が凍ってきている。

生活用水、農業用水、流雪溝用水……など様々な用途がありそうなので、完全に凍ってしまったら大変だろう。

ある程度の雪かきはされていても、ヒバリ達の膝くらいまで積雪があり、がんばって貯水池へ。

「……まぁいいか」

リグは俺の頭に乗っているからいいとして、メイや小桜と小麦が埋まってしまわないか心配したけどいらなかった様子。

メイは自分の進む道は誰にも邪魔させない、と言わんばかりに自身とほぼ同等に積もる雪を感じさせない歩きを披露してくれた。

小桜と小麦は誰かしらの歩いた跡《あと》に飛び移り、楽な場所を自《みず》ら見つけている。


「わぁ～、天然のアイスリンク！」

「こっちは凍ってるけど、水が流れ込んできてるところは薄そう。気をつけないと落ちる」

「お、落ちる……ごくり」

「ヒタキちゃんの言った通り、飛び跳ねなければ大丈夫だと思いますわ。氷がこんなに硬いんですもの」

ちなみにこの貯水池に落ちた場合、寒さからすぐに【氷結《ひょうけつ》】の状態異常になり、動きに制限が出る【鈍化《どんか》】、少し経ってから【窒息】。それでHPがなくなって死亡判定とのこと。

ちょ～っと心配な面もあるけど、さすがに落ちるようなヘマはしない……よな？

そう言えば、冷やす系の飲食物のために、雪や氷を少しもらっておこう。口に入れなくても大いに役に立ってくれる、と思う。

さて、細かいことは気にせず今はクエストのことを考えないとな。ええとまずは、楔と木槌でヒビを入れないと。

「ツグ兄様、氷へのヒビ入れをわたし達でやってもよろしいでしょうか？」

「もちろん。落ちないように気をつけてくれれば」

「まっかせてよ！　安心安全でやるからさっ！」

「ん、水の取り込み口周辺には寄らない。安全運転」

俺がインベントリから取り出した楔と木槌を見たミィが、とても良い笑顔で両手を差し出すので、俺はちょっと苦笑しつつ、彼女にヒビ入れセットを渡した。

ヒバリもヒタキもやる気満々と言った様子。

ギルドから渡された楔は5つで木槌はふたつだったんだけど、ミィは己の拳で楔を打ち込むと言って、ヒバリとヒタキに木槌を譲《ゆず》っていた。

いくら物理攻撃特化だとしても無謀《むぼう》だと思ったが、案外あっさり打ち込むことに成功したようだ。ぶ、物理特化すごい……。

俺は頭のリグ、大トリのメイ、雪の上でも毛繕いをしている小桜小麦と一緒に、ヒバリ達の作業が終わるのを待つ。

ちなみにどういう原理かは分からないけど、ヒバリ達は氷の上でも滑らないらしい。

俺は転《こ》ける自信しかないので、任せて正解だったかもしれないな。

しばらくトンカントンカン音がして、途切れたらすぐに3人が帰ってきた。

「いろんなとこに楔打ち込みまくってきたよ～！」

「ん、木槌も楔も欠損《けっそん》なし。順調で終わった」

「あとはメイが大鉄槌で割ってくれるのを待つだけですわ。ダメでしたらまた楔を打ち込みますし」

(*'エ'*)

「めめ、めっめめぇめめ」

ヒバリに手渡された袋の中には、きちんと楔5つと木槌ふたつ。信頼していないわけではないけど、確認しておかないとな。

インベントリにしまい、胸から黒金の大鉄槌を素振《すぶ》りしているメイに、氷を割ってくれるように頼む。大きい音出るかな？　どうだろ？

「メイ、とりあえず軽くからやってみよう」

(｀・ェ・´)

「めめっ！」

不測の事態が起きるかもしれないので、まずは軽くからやってもらうことにした。

元気よく返事をしてくれたメイは、何度か氷に大鉄槌を当てて狙《ねら》いをつけ、軽く叩き付けた。

ガツンといい音はしたけども、割れた感じはしない。

ヒバリが勢いよく氷に飛び乗って、ミリミリ……と音がしたので慌てて引き上げてきた。

軽くゲンコツだ。

これならあともう1回で割れる……かも。断言はできない。

「メイ、今度はさっきより強いけど全力じゃない感じで」

(*＞ェ＜)ゝ

「めぇ～めっ、めめぇめぇ」

曖昧《あいまい》な表現になっている点は否《いな》めないが、ふわふわした言い方でもメイは分かってくれた様子。先ほどよりも大きく振りかぶり、大鉄槌を氷に叩き付けると、大きな音があたり一面に響く。

ー・エ・ー

うるさかったかもしれないと気になりはしたけど、どうやらそこまでではなさそうだ。

遠くにいる人がチラッと見る程度だった。


「ふぉぉ～！」


ヒバリがいきなり奇声を上げたので貯水池に視線を戻せば、池の氷がいい感じに割れ散《ち》らばっていった。散らばると言ってもそんなに広い場所はないし、あぁでも、細かい氷とかは流れていって……って、氷もらう予定だった。

楽しんでいるヒバリ達にメイ達を任せ、俺は都市の中へと引き込む流れのところへ行き、インベントリから麻袋を出して、俺でも持てる氷を満タンまで詰めた。

実際はまったく冷たくないんだけど、冷水の中に手を入れているので、冷たいと錯覚《さっかく》しそうになる。あ、あと新雪も欲しいから麻袋に詰めてインベントリに放り込んだ。

受けたクエストも氷を割るだけでいいので、これにて終了。ちゃんと少し様子を見てからOKを出したから、確証《かくしょう》は持てないけど良い感じ。これで、しばらくは凍らないんじゃないかな？

そんなこんなでクエストが終わると、ヒバリ達が喋り出す。

「ツグ兄ぃ、お外行こう～！」

「ん、外に行ってちょっと雪に慣れておこう」

「魔物がいたらお金も稼げますわ。さぁ、ツグ兄様！」

あ、はい。がんばってくれたメイの頭を撫でつつ、妹達の言葉に頷く。

やっぱり半日機関車に乗りっぱなしって言うのは、ストレスが溜まるんだろうか。それとも新天地に胸を躍らせてる？

まぁいいかと思いながら、皆を連れて近場の門へと向かった。近くに魔物はいるんだろうか。

◆　◆　◆

聖域の門をくぐって外に出たのはいいけど、どうしたものかと俺は1人勝手に思案。

機関車は雪を気にせず走れたし、舗装路は雪かきや皆が歩いたおかげで踏み固められている。

けど、それ以外の場所は野放し。雪に埋まりながら魔物と戦うのか？

そんな考えお見通しだったのか、ヒタキがコソッと小さなカラクリを教えてくれた。

簡単に言えば、雪がギッチリカッチリして動きやすいから、魔物退治もいつも通りできる、と。

ファンタジーだから？　と聞くと、ファンタジーだしゲームだから、ある程度はユーザーのことを考えないとって。なるほどなぁ。

「ヒタキちゃん、近くに手頃な魔物はおります？」

「む、もう少し向こう。スライム……かな？」

俺とヒタキがコソッと話し合っていたら、ミィがソワソワしていた。ヒタキがスキルを使って魔物を探しつつ、雪深い方向へ歩いていく。

聖域の中はふわっとした雪で歩きづらかったけどなぁ……まぁいいか。細かいことは気にしたら負けだって、偉《えら》い人も言ってたし。

ザックザックといい音を鳴らして雪を踏み歩くヒタキが、唸りながら指差した。

「あんまり魔物がいない気がする。あれがスノースライム２匹」

「え、え？　え、擬態上級者じゃん」

「そうですわね。ですが、しっかり見れば、核《かく》が濃紺《のうこん》ですから分かりやすいかと……」

ヒバリの困惑した声を聞き、俺も前の方を見るが、こんもりした小山があるだけ。

ずっと見ていたら、確かにうぞうぞ動いているかも？

小桜と小麦を呼び、【にゃん術】の見えない刃をあの小山に放ってもらう。

細かい雪を巻き上げながら刃が小山に当たると、白い球体がふたつ、宙へと吹っ飛んだ。

雪より乳白色で、ミィの言った通り、まん丸濃紺の核が見えた。見づらいけど、がんばれば大丈夫……かも。

小桜と小麦によって吹き飛ばされたスノースライムは、戦いたくてうずうずしていたミィとメイによって倒された。

彼女達曰く、いつものスライムよりぷるぷるしておらず、なんだかシャーベット状の手応えがあったらしい。


「ヒタキちゃん、魔物のおかわりはあります？」

(ﾟエﾟ？)

「めめっめぇめ？　めめ？」

「んん、もっと向こうにゴブリンが5匹くらい？」

やっぱり物足りなかったらしく、ミィとメイはヒタキにおかわりを要求した。

ヒタキはそれに応えるべく、再度魔物を探して今度はかなり遠くを指差す。

ゴブリンは色味が濃いから、かなり遠くてもなんとなく分かる……気がする。

「む〜ん、ほんとに魔物が少ないね」

「来たばっかりだから、探すのが下手《へた》かもしれない。でも、魔物の討伐依頼があるから魔物はいるし、季節が原因かもしれない。今日は見物。もう少しいろいろ調べて、明日が本番」

ヒバリの言葉に頷き、ヒタキの言葉に納得。

明日はどんなところに連れて行ってくれるのか、今から楽しみで仕方ない。

俺は基本、ヒバリ達の言うとおりに動くからね。少しはゲームに詳しくなってきたけど、彼女達に意見するのはまだ先。そうだなぁ、遊ばなくなるまでかも。

今日はあのゴブリン達が最後でいいから、戦わせてほしいとミィ。

と言うわけで、10分弱ほど歩いてゴブリン達の元へ行き、ミィとメイがストレス発散と言わんばかりに暴れ回った。

「ふぅ、このくらいで勘弁《かんべん》して差し上げますわ」

(*'ェ'*)b
「めぇめ、めめっめめぇめぇ」

スキルなんて使わずとも拳ひとつでどうにでもなる、と言わんばかりの、清々しい笑顔をしたミィ。黒金の大鉄槌を肩に担《かつ》いで、同じく満足そうに汗を拭うフリをするメイ。

ふと気になったんだけど、敵のゴブリンの連携が良くなってる気がする。ちょっとだけ。

「さて、もう今日はあとログアウトを残すのみだね」

「移動ばっかりだったけど、一気に来れたのは嬉しい」

「えぇ、現実では乗れない乗り物に乗れるのは心が躍ります」

「楽しいのは分かるが、ここはまだ聖域じゃないぞ」

「あ、はーい」

ヒバリ達が今にもログアウトしそうな雰囲気を醸し出しながら話しているので、俺はちょっと慌てつつ、聖域を指差して言う。ヒバリがのんびりした返事をして、俺達は歩き出した。

ヒタキががんばって探して見つけたくらいだ、帰りに魔物がいるなんてことはない。

雪道で滑って転ぶなどのトラブルもなく、無事聖域に帰ることができた。

ほとんど移動時間だったけど、雪の具合とかアレとか確かめられて良かったんじゃないかな。雑だな、ははは。

今の時間帯は、冒険者ではなく主婦や子供達が多く、通りは様々な声で賑やかだ。

主婦や子供達の間を抜けて俺達はギルドへ行き、貯水池の氷割りと片手で数えられる魔物の討伐を報告する。

貯水池の氷割りはすごく感謝され、魔物の討伐はこの時期こんなものだと慰められた。森に入れば違うようだけど。クエストの報告も終わり、中央広場へ向かう。

「んじゃんじゃ、明日のためにもログアウトしよう！」

「そうだな。また明日な、リグ、メイ、小桜、小麦」

元気なヒバリはヒタキとミイにいったん預け、俺は明日も頼むよと、リグ達の頭を撫でて労《いたわ》り、【休眠】にして休ませる。

それからいつものように諸々の確認をして、【ログアウト】をポチッと押した。

◆　◆　◆

気づくと目の前には、雲雀と鶲、美紗ちゃんがビーズクッションにもたれている姿。

時間は学校がないならまだ早い、かもって時間。

そう言えば宿題はないんだろうか？　鶲が言わないわけないから、ないのかも。

ぼんやりしていたら雲雀達も起きて、彼女達に片付けを頼んで俺はキッチンへ。

しばらくジャブジャブ食器を洗っていたら、美紗ちゃんがキッチンへ来た。

「あ、つぐ兄様。わたしも手伝いますわ」

「ありがとう。ゲームの片付けは終わったの？」

「はい、終わりました。雲雀ちゃんと鶲ちゃんはパソコンに向かって作戦会議です。わたしは宿泊者ですのでお手伝いを、と思いまして」

「ははっ、気にしなくて良いのに。でも嬉しいよ。ええと、乾いた布巾がそこの棚の3段目にあるから、それで食器を拭いてほしいな」

「了解ですわ、つぐ兄様！」

雲雀と鶲は明日の作戦を練《ね》っているらしい。適材適所だからな。

元気な美紗ちゃんの声を聞きながら、俺はジャブジャブを再開。

3人娘はもう風呂に入ったから、皿洗いが終わったら部屋に帰そう。

俺も戸締まりして、風呂に入って仕事して寝るか。

そんなこんなで皿洗いが終わり、雲雀達とお休みの挨拶をし、俺も予定を片付けて就寝。

今日も捗ったので、もう少しで入力の仕事が終わるかも。嬉しい誤算《ごさん》だ。

R&M攻略掲示板

【アットホームな】LATORI【ギルドです】part8

（主）＝ギルマス
（副）＝サブマス
（同）＝同盟ギルド

1:棒々鶏（副）
↓見守る会から転載↓
【ここは元気っ子な見習い天使ちゃんと大人しい見習い悪魔ちゃん、生産職で女顔のお兄さんを温かく見守るスレ。となります】
前スレが埋まったから立ててみた。前スレは検索で。
やって良いこと『思いの丈を叫ぶ・雑談・全力で愛でる・陰から見守る』
やって悪いこと『本人特定・過度に接触・騒ぐ・ハラスメント行為・タカリ』
紳士諸君、合言葉はハラスメント一発アウト！
代理で立てた。上記の文はなにより大事！
・
・
・

書き込む　全部　＜前100　次100＞　最新50

R&M攻略掲示板

301:コンパス

>>285　雪が珍しいのは分かるけどいきなり雪だるま作るのやめて。変態だけど変人じゃないんだよ！　なに言ってるかわけ分からん！

302:sora豆

かき氷シロップ欲しくなる。みぞれ好き。

303:黄泉の申し子

寒さに耐性のない人はリアリティ設定オフにしろって、古事記に書いてあったし、ばっちゃも言ってた。

304:ましゅ麿

>>299　犬かよ！！！！！！

305:密林三昧

うーん、多分聖域に向かうと思うから先に行くかな。悩む。

306:甘党

俺はちょっと行きたいとこ見つけたから先に行く。世界を掴んでくる！　多分無理だけど。

書き込む　全 部　＜前100　次100＞　最新50

R&M攻略掲示板

307:ちゅーりっぷ

魔道機関車とか、ファンタジー好きな自分、大歓喜《だいかんき》過ぎる。現実では叶わないけど、ここなら魔法もあるからね。無理矢理見ないフリした夢はいっぱいあるし。

308:つだち

>>304　うさぎじゃね？

309:白桃

ロリっ娘ちゃん達がログインしたぞー！

310:空から餡子

どこで降りるか分からないから、いろんなところに散らばっていく所存ですぞ。散らばっていくロリコンとか事案でしかない。

311:神鳴り（同）

>>300　りょ～かい。皆に言うのがんばるよ～。

312:焼きそば

最近チラ見が上手《うま》くなってきた気がする。ロリっ娘ちゃん達のおかげかな！　HAHAHAHAHAHAHAHAHA！　あはははははははははははははぁ。

書き込む　全部　<前100　次100>　最新50

R&M攻略掲示板

313:プルプルンゼンゼンマン（主）

とりあえず俺達が一番に考えないといけないのは、ロリっ娘ちゃん達がどこを目指しているかってこと。あとこの大陸のことを念入りに調べたり、いいレベル上げの場所があればロリっ娘ちゃん達を守るためにもこもって合宿しないと、ってことかな？　多分だけど。

314:黒うさ

>>308　吸血鬼だよ！　名前は名前だけど！

315:かなみん（副）

みんな中央広場に集まって〜！　セイレーンのお姉さんが綺麗な歌声を披露《ひろう》してるけどガン無視して集まって〜！　諸注意とか話すから！

316:田中田

うひょ〜。なんだかワクワクしてきたっす。

・

・

・

388:棒々鶏（副）

>>374　ロマンはここにあったんや（感涙《かんるい》）

書き込む　全部　<前100　次100>　最新50

R&M攻略掲示板

389:かるぴ酢

自分、ジッとしていることが苦手な子でした。半日座りっぱなしはちょっとつらいものがあるなぁ。

390:餃子

>>380　そりゃあ、世界樹に憧《あこが》れないファンタジー好きはいないからじゃないか？　自分もテンションあげあげだし、世界樹に精霊でも住んでないかなぁって思ったりもする。

391:夢野かなで

はぁ～もっふもふわっふわっふで空の旅楽しかった。お婆ちゃんも大はしゃぎ。空は、空はすごいぞ。尚、語彙力《ごいりょく》。

392:黄泉の申し子

ある程度はお喋りで誤魔化せても、半日座りっぱなしはキツいものがあったな。がんばったな、お尻。

393:ちゅーりっぷ

脇道組はエンジョイ勢となっております。ちなみに西側。

394:密林三昧

>>386　ロリっ娘ちゃん達の好みからすると、大通りから逸れたと

ころにあるファミリー向けか、大通りのギルド側にある大樹の宿屋、南入り口側にある小箱じゃないか？　俺達が泊まれるのは大樹の宿屋くらいだけど。

395:iyokan

雪を見るとうずうずする。珍しいうひょ～！

396:もけけぴろぴろ

副マスにも言ったけど、東エンジョイ勢無事到着しましま。お馬鹿がリアリティ設定オフにして雪合戦始めた。放置安定。

397:ナズナ

>>389　痔《じ》？

398:空から餡子

【悲報《ひほう》】最北端を目指す僕ら、いまだ機関車の中。ついでに最北端まで機関車は通っておらず、最寄り駅から５日は歩く模様《もよう》。
機関車がない時代でも行ってる人いたし、大丈夫だよね！

399:わだつみ

そろそろ宿決めないとなぁ。

R&M攻略掲示板

400:魔法少女♂

>>379　それは許されない。ぎるてぃー。めっだよ。

401:フラジール（同）

ロリっ娘ちゃん達は大樹の宿屋に行ったみたい。あそこは確か、料理ギルド監修《かんしゅう》のシチューがあったはず。己の食欲に忠実《ちゅうじつ》なロリっ娘ちゃん達……。イイネ！！！！！！！

402:こずみっくZ

買い食い楽しい！

403:白桃

>>398　フラグwwwwwwwww大草原wwwwww

404:さろんぱ巣

世界樹の葉とか売ってないかなぁ。雫《しずく》でも可。

405:NINJA（副）

自分はとりあえず周り探索《たんさく》でござる。探索と言うより偵察《ていさつ》でござるな。必要でござるよ。

書き込む　全部　＜前100　次100＞　最新50

R&M攻略掲示板

406:中井

>>398　がんばえー。

407:こけこっこ（同）

>>401　あんたんとこの副マス般若顔《はんにゃがお》やったで。

・

・

・

461:黒うさ

>>453　結構このゲーム設定ガバいときあるよな。でもファンタジーと現実が離れすぎたら例の団体がうるさいし。

462:焼きそば

俺も適当なクエスト受けて小遣《こづか》い稼ぎしよー。

463:ナズナ

ロリっ娘ちゃん達、氷割りするとか言ってるよ。なにゆえ。

464:プルプルンゼンゼンマン（主）

>>455　そう、下手なアイドルより可愛い。もちろん、お兄さんも含めるんだぞ！　でも我々の心に秘めておくといい。秘められな

書き込む　全部　<前100　次100>　最新50

R&M攻略掲示板

いのならここに書き込むんだ。思いの丈を皆が分かってくれるさ。だって俺を含め皆、紳士淑女なのだから！

465:ましゅ麿

魔物の数少なくね？　魔物も冬休みとかあんの＞＜

466:中井

世界樹の上に城？　があるみたいだけど、なんか通行所ないとダメらしい。精霊妖精エルフは通れるって。俺人族だからなぁ。

467:もけけぴろぴろ

【速報】お馬鹿達、現地の子供達を巻き込み雪合戦を始める。

【悲報】お馬鹿になりきれない俺、周りの人達に説明。

【朗報】周りの住民達も巻き込むことに成功。

468:コンパス

>>459　屋台でかき氷売ってたよwww

469:魔法少女♂

防寒着可愛いの売ってた☆☆★　もふもふファー付きうさ耳ポンチョ！　着るボクも可愛い★★☆からちょうど良かった！　☆

書き込む　全部　＜前100　次100＞　最新50

R&M攻略掲示板

470:氷結娘

>>463　氷割り……。やっぱ、攻撃力の鬼がいるからですかね。

471:sora豆

羊ちゃんハンマー振って氷割ってたぞｗ

472:餃子

>>465　あるかもなぁ。もう少しで暖かくなるらしいから、森奥にいる魔物が出てくるとかなんとか。

473:NINJA（副）

パッと偵察してきたでござるが、聖域は治安の悪いところがあんまりないでござる。この前までいた王都の方が治安悪いでござるなニンニン。

たまにちんまい光の球が寄ってくるでござるが、害はなかったでござる。同業者も割りといたし、気が抜けないでござるよニンニン。

474:甘党

>>467　意外と交渉《こうしょう》が上手いのか。意外と。

475:わだつみ

あんまいないみたいだから解散も早いかねー。

書き込む　全 部　<前100　次100>　最新50

R&M攻略掲示板

476:かなみん（副）

分かっているだろうけど、ロリっ娘ちゃん達がログアウトしたらギルドは自習となります～。

477:ヨモギ餅（同）

ログアウトしたらコンビニ行ってアイス買おう。絶対買おう。

478:黄泉の申し子

>>470　鬼じゃなくて羊と仔狼デス（こそっ）

書き込む　全部　<前100　次100>　最新50

雪ではしゃぐ者もいれば、真面目《まじめ》に紳士淑女の活動をする者もいる。ワイワイ楽しそうな書き込みで掲示板は進んでいく……。

◆◆◆

いつもよりは少しだけ遅く起きた土曜日の朝。ちゃちゃっと用意して雲雀達の部屋の前を通ったら、しんと静まりかえっていたので、まだ寝ているのかもしれない。

そう思っていた時期が俺にもあった。顔を洗ってリビングに通じる扉に手をかけると、微かに聞こえてくる雲雀達の話し声。どうやら俺より早く起きたようだ。


「あ、つぐ兄ぃおはよう！」

「つぐ兄、おはよう」

「おはよう、今日は早めに起きたのか？」

「おはようございます、つぐ兄様。ふふ、今日という日が楽しみで楽しみで、早くに起きてしまったのです」

俺がリビングに行くと3人はすぐに気づき、軽く1日の挨拶。どうやら今日のゲームが楽しみ過ぎて早起き、とか……いつも通りだった。

挨拶もそこそこに「起きているなら朝食のリクエストでも」と聞けば、おにぎりが食べたいそうで。なら腕に縒《よ》りをかけて作ろうではないか。

だがしかし、気合いを入れてもご飯はお米のままなので、炊《た》けるまで時間がある。

雲雀達が座るソファーの、空《あ》いているところに俺も座らせてもらい、少しだけお喋りに混ぜてもらう。雲雀達がなにかを作り始めていなくて、ちょっぴりホッとしたのは内緒。

「あ！　あのね、そう言えばって思い出したんだけど、【世界樹の通行証】を手に入れたよね？　世界樹の上に行けるみたいだから、今日はそこに行こうと思います！」

「どんどんぱふぱふ」

いつ頃寝たのか、いつ頃起きたのか、おにぎりの具材、厚焼き卵の中身、などなど他愛のない会話をしていたら、雲雀が忘れてた！　と言う表情を浮かべ話し出す。

鶲は雑な擬音《ぎおん》を口から出し、美紗ちゃんはそれを見て、声を抑えて笑っている。

俺としては皆と楽しく遊べるならなんでも、って感じ。

持っているのは思い出したけど、詳しいところは忘れてしまったので、鶲先生にパソコンで検索してもらう。

ええと、【世界樹の通行証】……世界に根を張る世界樹の木片で作られた通行証。世界樹の上にある『聖域』と呼ばれる都市に入ることができる。売買譲渡《じょうと》不可……と。

あ、実は聖域って、世界樹の上にある街のことなのか？

向こうに行ってから考えても楽しいけど、決めてから行ったら即座に行動できていいかも。

そんなことを考えていたら、あっという間に時間は経ち、そろそろご飯が炊ける。

本当はもう少し前に動きたかった気もするが、お喋りが楽しかったのでいいとしよう。

「つぐ兄ぃ、なんか手伝う？」

「んー、おにぎり一緒に握るか？　でも今はちょっとしたおかず作るだけだし、手伝って欲しくなったら呼ぶよ」

「ん」

「わかりました。今は大人しく座っておきますわ」

俺が立ち上がってキッチンへ向かうと、雲雀が顔をこちらに向けて問いかけてくれる。

まだしっかり教えていないので、彼女達は下ごしらえしかできず、己の欲望のままに作らせたらとても個性的な料理を作ってしまう。

おにぎりなら大丈夫だと思うし、ならあとで。今は楽しくお喋りしてるといいよ。俺も楽しいし。

「……あ、インスタントの味噌汁があった」

さすがにおにぎりと厚焼き卵だけでは、と適当に棚をゴソゴソ漁っていたら、賞味期限の近いインスタントの味噌汁を発見。

一応、雲雀達に飲むか聞いたら3人とも飲むと答えたので、俺の分を含め4つ取り出す。固形のパックをお椀《わん》に入れてお湯を注ぐ、ってやつだな。あとでお湯も沸かさないと。

ええと、まずは厚焼き卵から作っていこう。

雲雀のリクエストの甘い厚焼き卵、鶲のリクエストの刻みハム、美紗ちゃんのリクエストの小ねぎ。おかずがこれだけだから、多いってことはないはず。

厚焼き卵を作っているとご飯が炊けた。冷ますために炊飯器を開け、ついでに鍋で味噌汁のお湯を沸かす。

厚焼き卵を作り終わったら切って皿に盛り、カウンターに置いて、おにぎりの具材を用意する。塩、梅干し、焼き味噌、シーチキンマヨ。これまた妹達のリクエストだ。

あとは好きなだけ取って、握るだけとなっております。とても楽チン。

楽しくワイワイ、ちょっぴりハプニングもありつつ、おにぎり握り大会は幕を下ろした。

味噌汁もお湯を入れたし、飲み物は氷を入れた水。

皆で椅子に座っていただきます。

食べ盛りな彼女達は、用意した朝食をすべて平らげてくれた。作り手冥利に尽きるな。

「つぐ兄、このあとちょっと、女の子同士でお出かけする。お昼前には帰ってくる。絶対」

「あ、うん」

お腹をさすりながら鶲が真面目な顔をして言うので、思わず俺は神妙な面持《おもも》ちで頷く。

「ゲームできないのは少し残念ですが、お出かけも大事です。ですがゲームも大事ですので、沢山《たくさん》とは言いませんがそれは後々」

「お昼ご飯はつぐ兄ぃと一緒にバイキング！」

美紗ちゃんと雲雀の話を聞いて思ったことはただひとつ。俺、お昼まで暇になっちゃった。

やりたいことがあって、やらなきゃいけないこともあるから暇ってこともないけど、お兄ちゃんちょっと寂しい。ちょっとだけね。

そうだなぁ、この前あげたプリンを、美紗ちゃんのお父さんである達喜《たつき》さんは食べられなかったみたいだし、帰るときに持たせるためプリンを仕込むかな。

雲雀達が食器をシンクに運んでいる間にそんなことを考えた。

運び終わった彼女達を横目に、俺は椅子から立ち上がり、エプロンをつけ食器洗い。

そんなに調理器具や食器を使っていなかったので、すぐに食器洗いが終わってしまう。

手を拭いエプロンを外して所定の位置に戻し、楽しそうに話している雲雀達の元へ。

「お腹もこなれてきたし、もう少しで出かけようって思ってるよ」

「なにかお使いとかありますでしょうか？」

「いや、大丈夫だよ。ありがとう」

鶲はお出かけが嬉しいのか、どことなく表情を緩ませ、その隣に座っていた美紗ちゃんが俺を気遣ってくれた。それが嬉しくて、隣に座っていた雲雀をかわりに撫でたら「えへー」とデレ顔。

10分くらいのんびりしていたら雲雀達が立ち上がり、いろいろ出かける用意を始めた。

元々服は着替えていたから、あとは小物、か？

「つぐ兄ぃ、いってきま～す！」

「あぁ、車に気をつけるんだぞ。あと……まぁいいか」

「ん、いってきます」

「行ってきますわ。お昼前には帰ってきます」

そんなこんな考えていたら雲雀達の準備が終わってしまい、俺は玄関でお見送り。

「絶対昼には帰ってくる」と念を押されたけど、雲雀達を置いて、先に食べに行ったりなんてする訳がない。

さすがに土曜のお昼に、俺が1人でデザートバイキングとか、悲しみしか生まれないと思うし。

玄関の扉と鍵を閉め、俺はプリンの仕込みでもしよう。

プリンは夕飯後にでも食べて、美紗ちゃんに持たす分もあるから10個でいいかな。

と思ったら卵の在庫が少ないので俺達の分を牛乳プリンに。

諸々終わったら冷蔵庫にがんばってもらおう。残念だけど俺には冷却機能がついてないからね。

あとはちょっとした洗濯と掃除。あともう少しで終わりそうなお仕事。

具体的になにをしてるのかは守秘義務があるので、雲雀達に聞かれても、パソコンでできるやつ……としか言ってない。

データ打ち込みとかプログラムとか、かな？　細かいことは気にしない方向で。

「……あ、昼前。そろそろ終わりにするか」

ふと、パソコン画面の端に表示されている時計を見て俺は呟く。

あと30分ほどで正午になるかならないか。そろそろ雲雀達も帰ってくるだろう。

キリのいいところでデータを保存し、いつものラフな服を脱いで、よそ行きの服に着替えた。

オシャレにあまり興味がないから、雲雀達が選んでくれたやつだ。

部屋にある鏡を見てもよく分からん。結局自分だからな。

携帯、財布、家の鍵、チケット2枚を持って、家の戸締まりを確認。

なんでそれらすべてを持って戸締まりしているのかは分からないけど、変なところに置いて忘れてしまうよりはいいはず。

「たっだいま～！」

「ただいま」

「ただいま帰りました」

俺の準備は出来たので、リビングの椅子に座ってのんびりしていたら、元気な声と共に雲雀達が帰宅する。帰ってきた挨拶にも個性があって聞き分けやすい。

リビングの扉を開けて彼女達を出迎えたら、3人の手にはしっかり戦利品と思わしき袋。家族といえども性別は違うし、あまり詮索《せんさく》はしないよ。

急いで階段を上る彼女達に「急がなくていい」と伝えつつ、俺はリビングに戻って椅子に着席。

10分くらいでリビングに来た3人は、きっちり身だしなみを整え、デザートバイキングに思いを馳せた表情をしている。夕飯はうどんだけど。

「じゃあ、皆揃ったし行くか」

「わぁ～い、デザートデザート！」

「ん、忘れ物はない。あとは行くだけ」

「少し調べたのですが、デザートバイキングと銘打っておりますけど、軽食もあるみたいですわ。楽しみですね」

「いえ～い！　しゅっぱ～つ！」

「お腹いっぱい食べる」

椅子から立ち上がり、ワクワクしている3人を連れて、デザートバイキングという名の戦場にいざ出陣。場所は駅の近くにある大きな雑居ビルの1階だな。

勝手知ったる他人の家状態なので迷子になることなく、俺達はデザートバイキングの店を見つけて席に座ることができた。

土曜日だから親子連れ、女の子グループ、カップルが多いかな？　雲雀達がいるおかげか、あまり気まずさは感じない。

雲雀達は各々好きなデザートをたらふく食べ、俺はサンドイッチやスープといった軽食系を中心に食べる。ええと制限時間は90分、だったか。

でも1時間くらいしかいなかったと思う。楽しく話しつつガツガツ食べてたからなぁ。

店から出て、折角だからなにか買い物を、と夕飯のおかずと細々したものを買って帰宅。

帰宅してからゆっくりしたり、話し込んだりしていたら時間もいい具合に経ち、そろそろゲームがしたいとソワソワし出す3人娘。

急に決まったことだけど、夕飯を食べたあとは美紗ちゃんは帰らないといけないようだし、善は急げでやろう。

決まったら素早く行動を始める雲雀達に、思わず笑ってしまう俺。

テキパキ用意されたヘッドセットをかぶり、自身の名を持つ鳥のビーズクッションに身を任せてボタンを押す。

途端に重くなる目蓋。俺は意識が遠退《とおの》くままにすべてを委《ゆだ》ねた。

◆　◆　◆

目を開くといつもの噴水が俺を出迎えてくれ、周囲を見渡すと、積もっていた雪が少なくなっていた。

ええと、昨日のログインから1日経ったから、ゲーム内では1ヶ月くらい過ぎてることになる。

そろそろ暖かくなると言っていたし、その影響だろう。

まずはリグ達を呼び出しておき、3人娘が来たらいつものベンチに行って腰掛ける。

「さて、今日はこの【世界樹の通行証】を使って、世界樹の上にある聖域に行く……で良かったよな？」

「はい。魔物を倒して強くなるのもいいですが、未知なる遭遇《そうぐう》に心躍らせるのも一興です。折角のファンタジーなのですから」

「うんうん！　行けるなら突撃あるのみだよ！」

「ん、テンションあげあげ」


俺達は膝や頭の上にリグ達を乗せ、俺は今日の予定を再確認するため口を開く。

おぼろげにしか思い出せなかったから、実物を見ておきたかったのでインベントリから【世界樹の通行証】を取り出して確認作業。

確認後は無くさないようにすぐしまう。楽しそうな表情のヒバリ達に俺もつられて笑みが浮かぶ。


「んじゃ、時間も限られてるし行くか」


時間も限られているし、ヒバリ達もワクワクしているしさっさと行動しよう。

世界樹の上に行くには、まず世界樹の近くに行き、ゲート？　とやらを見つけないと。

そこで衛兵に通行証を見せ、上に行けばいい……らしい。昇降機でもあるんだろうか。

まぁ行けば分かるか。

中央広場から世界樹までの距離はおよそ10分弱。ほぼ真っ直《まっす》ぐな道だし目印はデカいし、迷子になる要素なんてなかった。

だけどひとつだけ難点《なんてん》があり、世界樹が大きすぎて、ゲートを見つけるのに時間がかかったことかな。少し見つけづらい場所にあってウロウロしてしまった。

『む。冒険者達か、ここから先は精霊族に連《つら》なる者のみが使える門だ。特別な許可がなければ、冒険者に使用させるわけにはいかない。【世界樹の通行証】があれば別だが、あれは滅多に出回るものではないからな。すまないが立ち去るといい』

「あの、通行証ならここに」

『……ほぅ、本物か珍しい。通っていいぞ』

門番は左右に立つエルフ族の男性で、金髪碧眼《へきがん》の整った容姿《ようし》に尖《とが》り耳、ウロウロしているときヒバリ達に説明された通りの外見だった。

俺のように弱そうな相手でも気を緩めたりはしない。実直という言葉が似合いそうだ。

それでも俺がインベントリから通行証を取り出すと、すぐさま道を開けてくれた。あっさりだな。

門の奥にある魔法陣のような場所に移動した俺達は、起動までの間、お喋りをして時間を潰す。

「えっと、プレイヤーのエルフは分からないけど、ＮＰＣのエルフにとって世界樹は特別な存在みたい。んーと、だから、世界樹で出来てる通行証だとすぐに分かったんじゃないかな？」

「へぇ、なるほど」

なんだかあっさりしてたよなー、と俺が言うと、ヒバリが唸りつつ、がんばって説明してくれた。

俺が納得して頷いた瞬間、魔法陣が明るく輝き、視界がグンと動く感覚がした。ハッと気づいたら、目の前にあったのは開かれた大きな門。

リアリティ設定をオフにしたおかげで、目を回したり気持ち悪くなったりはしていないけど、ちょっとビックリした。

ずっと魔法陣に乗っていたら、再度起動してしまう気がしたので、降りてから周囲の確認。

地面は茶色く木の温もりに溢れ、地面の端は青々とした葉っぱが生えており、見上げれば雲が近い。世界樹の上の方、というイメージにぴったり。

ヒバリ達もリグ達も早く中に入ってみたい！　とソワソワしているので、あまりいろいろと気にせず入ってみようと思う。こんなに背の高い木なんて現実にないし、楽しまないと損だ。

上の聖域も、ある程度は下の聖域と造りが同じようでホッとする。ただ、木の上ということもあり、ツリーハウスのような建造物が多かった。

「ふぁ～、プレイヤーが数えるほどしかいない！」

「冒険者用のお店、中央に集められてる。武具屋、鍛冶屋《かじや》、アイテム屋、ギルド、くらい？」

「妖精、精霊、エルフ、目の保養のバーゲンセールです。特に妖精なんて手のひらくらいの身長でとても愛らしく……ハッ、メイ達も可愛いですわ！　手がふたつしかないのが悔《くや》しいです」

ヒバリは目をキラキラ輝かせて周囲を見渡し、歓声を上げた。

ヒタキはいつもと少し周囲の地形やら店舗《てんぽ》やらを、さっそく覚えようとしている。

ミィは妖精を見ては尻尾を振り、メイ達を見ては耳を上下に動かして忙しない。

俺はそんな彼女達を連れ、いつものようにベンチへ座った。

「今後の予定は決まってるのか？」

ここのベンチは木製で、大きくて座り心地がとてもいい。膝の上にリグを乗せて撫でつつ、ヒバリ達に問いかけた。

世界樹の上に行くというのは聞いたけど、それからの予定を聞いていなかった。

「んん～、そうだなぁ～」

「世界樹でしかできないことをしたいですわね」

「んん～、悩むねぇ」

ヒバリとミィが首を捻って考える。

世界樹の上にしかないものを探してお店をめぐるのもいいだろうし、日本じゃ滅多に見られないツリーハウスを見て回るのもいいかもしれない。

のんびりと考えていたら、ヒタキが「ギルド」と呟いた。俺達は声を揃えて「それだっ」と声を抑えて叫ぶ。

世界樹には魔物がいそうにないけど、いわゆるお使い系クエストがあるかもしれない。

立ち上がってリグを頭の上に乗せ、俺達は冒険者ギルドへと向かった。

ギルドは中の造りも大して、あえて言うなら冒険者の姿がない。

本当に通行証を持っているプレイヤーがいないのか、今の時間帯だからいないのか、俺にはさっぱり分からん。

俺達は真っ先にクエストボードへ向かって、依頼用紙を眺めた。ＮＰＣクエストが多く、プレイヤーからのクエストは数えるほど。

「ん、面白そうなクエスト探そう」

「はい。なにかあれば良いのですが……」

ボード前はガラガラなので、手分けして俺達でできそうなクエストを探す。子供のお小遣い稼ぎに出されているものや、日にちがかかりそうなのは除外だな。

魔物退治が一番手っ取り早い気もするけど、依頼は見つからなかった。

『ねぇねぇ、下からリンゴがいっぱい持ってこられたんだけど、アンタ達はリンゴ料理とか作れる？』

クエストボードに貼《は》られた用紙と睨《にら》めっこしていたら、ふいにそんな声が聞こえた。俺は視線を動かさず、軽い感じで返事をする。

「リンゴ？　まぁ、料理は得意だから作れるよ」

『ホント⁉　わぁ、ラッキー！　じゃあさじゃあさ、このクエスト受けてよ！　安いからって仲間達が買って来ちゃって困ってたんだ。かじるのは品が無いとか言ってさ、料理できないのに！』

嬉しそうにしてくれてありがたいけど、俺は今、クエスト用紙を見るのに夢中なんだ。

横からスッと差し出された用紙を反射的に受け取ろうとしたタイミングで、わなわな震えるヒバリの声が聞こえた。

「ツ、ツグ、ツグ兄ぃ！　妖精さん！」

「ん？　お、おぉ！」

声に導かれてそちらを見れば、体長20センチ程度の妖精が俺を見てニコッと笑っていた。

この体長でこのクエスト用紙を運ぶのはとても大変だったろうな……と、思考があらぬ方へ行ってしまいそうになるくらい、本当に驚いた。

俺もヒバリもいきなりのことにびっくりしていたけど、ヒタキが割りと冷静だったので、俺達を落ち着かせて飲食スペースへと導いてくれる。

ちなみにミィは妖精の出現に目を輝かせていた。

椅子には座れないので、テーブルに座った妖精に話を聞く。先ほど言った通り、リンゴを使った料理を作って欲しいとのこと。

【リンゴの大量消費】
【依頼者】スイ（NPC）
仲間が大量に買ってきたリンゴの大量消費ができる人、切実《せつじつ》に助けてください。できれば私達でも作れそうなものを教えてくれる人。応用が利《き》きそうな料理だと尚よし。お願いします。
【ランク】F
【報酬】未定。現物支給。

リンゴと聞いて思い出したのは先日の船旅。

今からなにをするか悩んでいた俺達は、彼女のクエストを受けることに決定した。

この前リンゴを使って、あんなにたくさんジュースやジャムを量産したというのに、ヒバリ達はとても楽しそうで、俺も楽しくなってくる。

ちょっと捻った感じの料理がいいよな。なににしようか。

◆　◆　◆

薄水色の可愛らしい妖精スイに案内されたのは、いつもは冒険者で溢れていて、NPCの皆さんは近づかない作業場。プレイヤーがいないとNPCも使うみたいだな。

もしかしたら、聖域の作業場だけの仕様かもしれないけど。

地上の作業場と違いはなく、ヒバリ達風に言えば、実家のような安心感ってやつか。

だが中にはスイのような妖精がわらわらとおり、メイくらいの大きさの妖精が1人と、3人のエルフが作業場に入った俺達を凝視していた。

メイくらいの大きさの妖精は、精霊と言うらしい。エルフは多分、保護者役。

『とりあえず、小さな子供に教える感じで、簡単なものを教えて欲しいの。難しい頼みなのは分かるけど、どうにかお願い』

「簡単なものか……リンゴの甘煮《あまに》はちょっと調理をしなきゃいけないけど、あとは、混ぜて蒸《む》すだけの、リンゴの蒸しパンなんてどうだろう？」

『もちろんいいわ！　あっちに食材を持って来てあるから、じゃんじゃん使っちゃって構わないわよ』

周りにいる妖精はキラキラした目で俺達を見つめるだけなのに、スイは随分としっかりしていた。

他の子はのほほんって雰囲気だけど、スイはシャキッて感じ。

ええと、軽く提案した料理にＧＯサインが出たのでヒバリ達にも手伝ってもらい、リンゴの蒸しパンに必要な材料を集める。

俺は作業台の下から鍋、泡立《あわだ》て器、木のボウル、陶器《とうき》の器、布巾、竹串を取り出す。

「んん～、庶民《しょみん》の味方！　主婦の救世主！　その名もスライムスターチ！」

「ん。砂糖、植物油、牛乳、水」

「わたしはこちら、リンゴですわ」

ヒバリとヒタキが材料を見つけたらしい。ミィは重そうな木箱ごと、リンゴを俺の近くに下ろした。

料理に使う材料も調理器具も揃ったし、皆を集めてこれから実演していこう。エルフの1人がメモ帳を持って臨戦《りんせん》態勢だ。

ええと、まずはリンゴの甘煮だな。

ヒバリ達にはリグ達の面倒を頼んで後ろに座っててもらい、俺はお目々キラキラさせている妖精達を相手に、話しながら料理を始める。

リンゴの皮をスルスルッと剥き、好きな大きさに角切り。鍋を用意して今角切りにしたリンゴ、砂糖、水を入れてリンゴがしっとりするまで煮詰める。

火を使うのは本当に危ないので大人と一緒じゃないとダメだぞ、と小さな妖精達に言うと、皆が口を揃え『はーい』といい返事。ヒバリ達の小さなころを思い出すな。

煮詰めが終わったら、これはあとで使うから置いておき、木ボウルにスライムスターチ、砂糖を入れて泡立て器でしっかり混ぜる。

次に植物油、牛乳を入れて混ぜたらリンゴの甘煮を加えてよく混ぜる。満遍なく混ぜると本当に美味しいからな。

混ぜ終わったら新しい鍋と陶器の器を用意し、器に植物油をしっかりと塗っていく。紙カップがあれば楽チンなんだけど、作る手間があるのでこちらを採用。

植物油を塗りたくった陶器の器に生地を流し入れ、ちょっと置いて、鍋に陶器の器の3分の1の高さまで水を入れ沸騰《ふっとう》させてから陶器を入れる。

鍋の蓋に布巾を巻いてだいたい中火で5分~10分蒸す。

生煮《なまに》えはお腹を壊したりするので、竹串を刺して抜き、なにもついてこなければ完成。ついてきたらもう1回蒸そう。

陶器と蒸しパンの間に、竹串でちょちょいっと隙間を開き、熱いので布巾を間に置いて手のひらにポンポン落とせば、転がり落ちてくるリンゴの蒸しパン。

【ふっかふかリンゴの蒸しパン】
程よいリンゴの甘煮がとても美味しいリンゴの蒸しパン。しっかり混ぜて作られたので甘煮が均等に行き渡っており、悲しい思いをすることは無い。子供のオヤツに最適。レア度5。満腹度＋8％。
【製作者】ツグミ（プレイヤー）

出来上がったものを皆で分けたら一口にしかならなかったけど、諸手《もろて》を挙《あ》げて喜んでくれたのでホッと一息。

メモ帳を持ったエルフの質問にいくつか受け答えしたが、まだ料理の種類が足りないようなので少し考える。

あと1～2種類教えたら、妖精達を交えてお料理教室をしたいし、チップスとゼリーにするか。

俺は使った調理器具を洗ったり、次の料理に必要の無いものを片したりしながら、目の前にいる妖精達に話しかける。

「ええと、今からリンゴチップスとリンゴゼリーを作ろうと思う。オーブンや火を使うから、簡単だからと言って、自分達だけでやろうと思わないこと。お約束できるかな？」

『『はーい！』』

しっかりと頷いて返事をする妖精に、俺は思わず笑みを浮べた。

スイはしっかりしているけど、他の子達は幼い言動をしているので、本当にお兄ちゃん心をくすぐられるというかなんというか。

次の瞬間、聞き慣れた声が。

「は～い！」

「……ヒバリちゃん」

「はっ、思わず条件反射が……！」

振り向くと、後ろにいるヒバリが俺の声に反応し、いつものように元気よく返事をした様子。

「小さいころ、このようにツグ兄様が話してくれたのを思い出します。返事をしてしまうのも致《いた》し方ありませんわ」

「うぅっ、ちょっと恥ずかしいよぅ」

「どんまい、ヒバリちゃん」

恥ずかしそうにするヒバリと、どこか楽しそうなヒタキと、しみじみといった様子で昔を懐《なつ》かしむミィ。

楽しいので放っておくとして、次に俺がなにを作るのか、みんな期待している感じだな。

まずはお手軽に作れそうなチップスから。

用意するのはリンゴ、オーブン、リンゴを切るための包丁、以上。

好きなリンゴを手に取り、皮は剥かず均等に薄く切る。芯は食べられないからポイだ。

天板に包装紙を敷いてから薄く切ったリンゴを並べ、１１０度のオーブンで1時間焼く。

予熱は無くても大丈夫。

1時間焼いたら、熱いので気をつけて取り出し、裏返して30分焼く。

焼き終わったら、もう一回気をつけて取り出し、冷まして好きな皿に盛り付ければ完成。

リンゴひとつでたくさんのチップスが作れるから、今回も1人1枚試食できた。

パリッとしたチップスの食感と、リンゴの甘酸っぱさがとても美味しい。

【お手軽簡単パリパリリンゴチップス】
パリッとサクサク、甘酸っぱさが癖になるリンゴチップス。厚めに切った派と薄く切った派で派閥《はばつ》があるとまことしやかに囁《ささや》かれているらしい。子供のオヤツに最適。レア度4。満腹度＋3％。
【製作者】ツグミ（プレイヤー）

俺はスキル【料理】の恩恵があるから出来上がりまでの時間が早いが、普通の人がやると時間がかかっちゃうので注意な。

今回メモ帳を持ったエルフに疑問が無かったのか、質問タイムはなし。

次はスライムスターチもたんまりあるので、それを使ったリンゴゼリー。

用意するのはリンゴ、砂糖、水、スライムスターチ、鍋、木べら、容器、包丁。

器に合わせリンゴを角切りに切る。口当たりが良い方が美味しいので、皮はしっかり剥く。

鍋を用意し、水と砂糖と角切りにしたリンゴを入れ、リンゴの色がやや透《す》き通るまで煮込む。

リンゴの色が変わったら1度火を止めてスライムスターチを入れ、しっかり木べらで混ぜ、再び火にかけて一煮立ち。煮立たせている間も、きっちりかき混ぜることを忘れずに。

液を入れるための容器を近くに置き、熱いので気をつけて、容器に液をゆっくり流し込む。

ちなみにこの容器は、俺がインベントリから取り出したもの。作業場の容器は持ち出せないし、スイ達が用意したのは食材のみ。

大きな容器でゼリーを作り、１人ひと掬《すく》いして味見だな。

あぁそうだ、冷やす際に、氷割りでもらってきた雪に大活躍してもらった。

スキルのおかげで冷やす時間も少なくて済み、スプーンで表面を叩けばプルンッと震えるリンゴゼリーの出来上がり。


【プルプル角切りリンゴゼリー】

プルプルゼリーと角切りリンゴの食感が楽しい。優しい甘さなので喉がつらいとき、食欲が無いとき、子供のオヤツなど、多岐《たき》に渡り使い勝手の良い１品。レア度４。満腹度＋25％。

【製作者】ツグミ（プレイヤー）

「ゼリーの試食がしたいなら、一列に並んでくれ。大きいのを作ったから１人１口は食べられると思うけど」

リンゴゼリーの入った容器を持ち、心持ち小さめのスプーンを持って皆に並ぶように言う。１人１口のわんこ蕎麦方式だけど、妖精達は嬉しそうな表情をして良い子で並び始めた。

『わーい！』

『しょくならまかせろー！』

『ばりばりー！』

「私達も並ぼう！　ツグ兄ぃのゼリー！」

(*>w<*)

「シュシュッ、シュシュ～！」

　スイもちょっぴり恥ずかしそうにサッと並び、後ろにいたヒバリ達も素早く立ち上がって一番後ろに並んだ。足りると思うから別にいいけども。

　カパッと大きく口を開けて待つ妖精達。

　掬ったリンゴゼリーをそこに入れてあげると、表情が明るく輝き、両頬に手を当てて喜んでくれた。そして『ありがとう！』と感謝の言葉をもらい、次の子へ。

　……ちなみに、とても照れた表情のエルフには思わず謎の感情を抱いてしまった。

　ヒバリ達にも食べさせ俺も食べたら、容器の中は空《から》っぽ。あとは片付けだな。

　使った調理器具を洗って綺麗にしていると、興奮した様子のスイが俺の近くに来て喋り出す。

『本当にありがとう。こんなに美味しくて簡単な料理を教えてくれるだなんて。チップスヤゼリーは他の野菜や果物《くだもの》でも応用できそうだし、感謝してもしきれないわ！』

「そんなに喜んでくれると教え甲斐《がい》があって俺も嬉しいよ。あとは皆で作ってみようか？

改善点とかいろいろ見つかるからね」

『うん、お願い！　皆、プランＢよ！　配置について！』

「？」

俺も嬉しくなり、笑って次の提案をしたら、スイは頭を思いきりブンブン振って頷いた。

言い出した言葉の意味が分からず首を捻れば、なぜかヒバリが反応する。

小脇に抱えられた小麦は口周りを舐《な》めていて無反応。まぁいいか。

プランＢと言っても、一定数の妖精でまとまり、作業台に行くことだったらしい。皆でひとつの作業台も良いけど、多分散らばって作った方が効率が良いと思う。

俺だけでは手が回らないから、近くにいた３人娘を呼び寄せ、臨時講師としてがんばってもらおうか。ちょっと心配だけど。

「ええと、ヒタキ達もこれくらいの内容なら、大丈夫かな？」

「ん、任せて」

「あまり自信はありませんが、可愛らしい妖精さん達のためとあれば火の中水の中。がんばらせていただきますわ！」

「私も多分だいじょーぶー」

エルフ3人組は料理が少しはできるみたいなので、彼らにも臨時の講師としてがんばってもらい、俺達はお料理教室に専念する。

エルフのいる班はリンゴの蒸しパン。精霊のいる班はリンゴゼリー。妖精だけの班はリンゴチップス。

少しだけ心配していたアレやソレもなく、人の話をしっかり聞いてくれたので、食材のぶちまけなどはあったけど、スムーズに出来上がったんじゃないだろうか？

たくさんリンゴの料理が出来て、思わず皆で万歳《ばんざい》してしまった。

◆　◆　◆

その場で食べたり皆に行き渡るよう包んだり、使った調理器具を洗ったり。

そんなことをしていたらかなりの時間が経ち、今はだいたいお昼を過ぎたころ。

どこからともなくスイの『ぐぬぬっ』と言う声が聞こえてきた。

視線を向けると、妖精達が身の丈より大きな麻袋を抱えて一生懸命飛んでおり、それを俺の前へ下ろした。

どうやらこの麻袋の中身は、クエスト用紙にも書かれていた、料理に対する報酬の様子。

スイなりに、できるだけ良さそうなやつを持ってきたらしい。

次はクエスト完了用紙を持ってくる！　と言い残し、スイ達は忙しそうに飛び立っていった。


「中身見ても大丈夫かな？」

「うーん。中身がなんであれ、受け取りを拒否《きょひ》せずにクエスト報酬としてもらう……ならいいんじゃないか？」

「ん、ならおっけー」

「可愛らしい妖精達ががんばって集めたものですもの。それを拒否するなんてとんでもない！　ですわ、ふふ」


リグ達を伴ったヒバリ達が麻袋の中身をしきりに気にするので、俺なりに提案したら、3人は納得したように軽く頷いた。

なんとなくエルフや精霊に目を向けると、どうぞどうぞといった感じ。

麻袋の紐《ひも》を解《と》いて袋を大きく広げ、興味津々のヒバリ達と覗き込む。

ええと、色彩《しきさい》豊かな小指の爪ほどの木の実がたくさん、虫食いが一切ない新芽《しんめ》であろう葉っぱが5枚、小指ほどの木の枝が3本、小瓶に並々入った乳白色の液体、小瓶に半分ほど入った角度によって虹色《にじいろ》に輝く粉、かな?

見た目は、子供ががんばって集めた宝物って感じ。

【カラフル木の実】

妖精がいろいろな木の実を摘んで混ぜてしまった。食べるか植えるかしないとなにか分からない、一種のロシアンルーレットと化している。妖精が摘んだので、危ない木の実はない……はず。

【世界樹の新芽】

生えたてほやほや世界樹の新芽。妖精の遊び道具として摘まれたものの、柔らかすぎて放っておかれていた。食材、触媒《しょくばい》、素材、どれに使っても良い仕事をしてくれる。

【世界樹の小枝】

小枝と言うより木片。世界樹であることに変わりはなく、どの木よりもスペックが高い。小さくても使い道が限られていようと、木系素材の最高峰《ほう》である。

【世界樹の樹液】

世界樹の根からよく採取《さいしゅ》されるが、他の木の根と見分けがつかないので、見つけるのは困難を極《きわ》める。世界樹を支える樹液はほのかな甘みがありとても美味しい。

【妖精の鱗粉《りんぷん》】

妖精の羽を覆う鱗状《りんじょう》の細片。魔法の基である魔素《マナ》がたっぷり詰まっており、触媒や素材として優秀《ゆうしゅう》。妖精の数は少なく、身体の一部である鱗粉をもらうのはかなり困難。誰だって自分の身体の一部をあげるのは恥ずかしい。


「わぁ～お」


スイ達にもらったよく分からないアイテムを調べると、思わずと言った感じでヒバリが呟く。

ヒタキは目を瞬《しばた》かせ、ミィは己の口元に手をあて「まぁ」と一言。

ヒタキ先生に説明をしてもらったところ、世界樹の素材はひとつひとつなら珍しくない。

しかしこんなに数が揃って、妖精の鱗粉もセットなのはとても珍しいらしい。

金額にして換算《かんさん》すると、時価だけど、ギルドが１回結成できるかできないかくらいだってさ。つまり１００万Ｍ弱だな。

そんなにお高いものをもらっていいのか気になるけど、とりあえず麻袋にきちんとしまって、紐も結び直しておこう。

『お待たせ！　これがクエスト完了の用紙よ！』

そう言って俺の顔間近にクエスト完了用紙を持ってきたスイからそれを受け取りつつ、こんなに良い素材をもらっていいのか聞く。

すると彼女はキョトンとした表情で『別に私達にとっては珍しくもなんともないもの。用意できて、価値のありそうな素材がコレってだけ』とのこと。ついでに『お金の概念《がいねん》もあまりないのよ、妖精達って』とも。

『私みたいにしっかりしてる妖精の方が珍しいのよ？』

『あー、じぶんだけいいこぶってるー！』

『ぶーぶー』

『ぼくたちはたのしくいきてるだけだもー。ゆるされてるもー』

『そーだそーだ！』

『うるさい！　あんなにリンゴをバカみたいに買って！　食べられる量を買ってから言いなさい！　今回この冒険者の人達がいなかったらダメにしてたわよ！　分かってるの？』

『おいしそうなのがわるいんだー！』

『でもまいにちりんごかじんのつらくね？』

『とてもつらい』

『おれたちかわいいりんごのようせーさん！』

『ママのようせいだるぉー？』

『ちょっとアンタ達は黙って！　話が進まないじゃない！』

スイと話していたのに、なんだか他の妖精達も会話に入ってきて、エラいごちゃごちゃしてきた。

精霊はリンゴチップスをパリパリ食べていて我関せずだし、エルフ達は「いつものことです」と苦笑《にがわら》い。そうか、いつものことならいいか。

俺達が呆気《あっけ》に取られていることに気づいたスイが、ゴホンと咳払《せきばら》いをして、もう1度感謝の言葉を述べてくれた。本当にしっかりした子だ。

片付けも終わっているし、クエスト完了用紙ももらったので、これでお別れだな。

頭を下げる妖精達に見送られ、俺達はその足でギルドを目指した。

中央広場は割りと人の往来があるんだけど、露店は少ない。

ギルドの中も相変わらずガランとしており、暇そうにしている受付の人が俺達を見て姿勢を正《ただ》した。まずはクエストの完了報告をしないと。

ヒバリ達はクエストボードを見たいのか、そちらへ行ってしまった。

いつものようにインベントリからクエスト完了用紙を取り出して渡したら、数分で手続きは終わった。お金の精算に一番時間がかかるって感じ。

俺はクエストボードを見ているヒバリ達に近づき、いいクエストでもあるのか尋ねた。

「時間がかかりそうで現実的ではありませんが、世界樹に棲《す》みついた虫系魔物の駆除《くじょ》なんてのもありますわ」

「あんまり時間取れないからねぇ」

「ん、必然的に選べないクエストの方が多い」

お手軽簡単クエストなんてあったら皆やってるよな、と3人の言葉を聞いてしみじみ頷く俺。

まだまだ時間があるからどうするのか聞けば、一通り観光して堪能してからログアウトとのこと。いくら世界樹が大きくても下の都市よりは狭いので、観光すれば良い感じの時間になるだろう。

ここでしか見られないと言ったら景色？　ちょっと思いつかないな。リグ達も楽しそうにしてくれているからいいとして、ぶらっと観光散歩を開始。

とりあえず外周をグルッと一周して楽しみ、お店がありそうなところでいろいろすると言うことで。きっと買い食いだけど。

木々と言うか枝？の切れ間から見える景色を歩きつつ眺めていたら、ヒバリがポツリと呟く。

「そう言えば、猫ちゃんって高いとこから落ちても平気って言うけど、これだけ高かったら無理だよね？」

「にゃにゃ！　にゃ、にゃん、にゃー」

(；>ω<)

「いやいやいやいやいやいや、言ってみただけだよ！　フリとかじゃないから！　ごめん！　ごめんって！」

「「にゃー、にゃーにゃにゃにゃんにゃ」」

(*´・ω・)(・ω・`*)

近くで聞いていた小麦が驚いた様子で声を上げたがもちろん本気ではなく、すぐに仲直りしたので俺はホッと息をつく。

またしばらく歩いて滅多に見られないツリーハウスなどもしっかり目に焼き付けていると、先ほどお料理教室を開いた生徒の妖精に出会った。

妖精の見分けがつかないけど、『あ、ぼーけんしゃー』と親しげに近づいてきたところから判断してみた。スイは薄水色の羽が綺麗だし、しゃきっとしてるから簡単に分かるんだけど。

特に用はないらしく、俺達が観光をしていると伝えたら、とっておきの場所とやらを教えてくれた。その場所は北東にあり、面白いものが見えるらしい。

ずっとここで暮らす現地住民のオススメだからな。行ってみる価値ありだろう。

◆　◆　◆

オススメされた場所は、通り道でもあったけど、よく見ないと分からないようなところに切れ込みがあり、景色を眺められるようになっていた。

そこから見る景色は大陸の端まで一望できるのはもちろん、海も浮かぶ島も見える。……浮かぶ島？

「うっひょ〜！　さっすがオススメなだけあるぅ〜！」

「あの島は独立国家、天の使いが住みし空中都市フェザーブランですわ。ヒバリちゃんのような天使族が住んでいるみたいです」

「ん、遠いけど綺麗な島」

目を輝かせたヒバリ達の言葉を聞きながら俺も島を眺めた。

ええと確か択捉島《えとろふとう》のあたりにあの空中都市があって、ミィが今言ったように天使がいっぱい……と。空に浮かぶ島は幻想的で美しく、どんな仕掛けになっているのか、流れ落ちる滝《たき》が海に落ちる前に消えている。これはミスト状になって海に降り注いでいるのかもな。

望遠鏡とかあればもっとよく見れるんだろうけど、ないものはないので仕方ない。

昔は100円入れると数分見れるやつとかあったよな、懐かしい。じゃなくて、ヒバリ達を見ていたら次の目的が決まったようなものだ。きっとあそこに行きたいって言うぞ。多分。

「あ、そうだ。雑貨屋さん寄ってギルドの許可証？　飾るための額縁《がくぶち》買おうよ！　あとルリちゃん達のために、リンゴの料理をルームの保存ボックスに入れたい！」

「そうだね、それはいい」

「んじゃ、島も堪能したしれっつごー！」

ぼんやり島を眺めていたら、不意にヒバリが両手を叩きながら言い、ヒタキが頷いて嬉しそうに俺の腕を引っ張った。楽しくなっちゃってるのは分かるけど、このまま行くわけにはいかない。

俺は踏みとどまって、ちゃんと皆を連れて行く。

少し歩いて大通りに戻り、冒険者用の雑貨屋ではなくNPC用の雑貨へと向かった。

その判断が良かったらしく、何個かある内のひとつをヒバリ達に選んでもらって買う。

俺が選んだら、安くて丈夫なやつを選んでしまうからな。

買ったのは小花が彫られた可愛らしい額縁《がくぶち》だ。なんとも彼女達らしい選択だと思う。

大量生産されているものじゃないので、少々値が張るのはご愛嬌《あいきょう》。他に欲しいものはなかったので雑貨屋をあとにし、大通りへ戻って中央広場へ。

噴水のところに来たらこう、良い感じにギルドルームに行きたいと……あれ？　ミィはルームクリスタル持ってたっけ？

双子がサクッと行ってしまったあとミィに尋ねたら、やっぱり渡してなかった。

「一番に渡さなきゃいけないのに。ごめんね」

「大丈夫ですわ、ツグ兄様。わたしも忘れておりましたし、今気づきましたもの。ええ、お互い様です」

「そう言ってくれると嬉しいよ」

優しくてありがたい限り。急いでルームクリスタルをミィに渡し、のんびり待っているリグ達と一緒にギルドルームへ。

俺達が遅れたことに挙動不審《きょどうふしん》なヒバリと、納得したような表情のヒタキが対照的だった。

軽く説明して、気を取り直してルームの中に入る。

家庭菜園風の花壇は、まだ成長がよく分からなかった。


「リグ達はこっちな」

「シュッシュ～」

ヽ(・w・)ノ

楽しそうにミィを案内し始めた２人をちょっとばかり放っておき、俺はリグ達をいつもの出窓に乗せて、それぞれの頭をひと撫で。

それが終わったら、大黒柱であろうログハウスいち太い柱へ向かい、インベントリから額縁とギルドの許可証を取り出し、せっせと飾った。

鋲《びょう》はいくつか付属していたから、隅に慎ましく存在していたルリからの花束を飾ろう。

ドライフラワーにすればかなり持つ。

終わった頃合いを見計《みはか》らったのか、はしゃいだように弾む声を上げてヒバリ達が帰ってきた。まぁ、見るところ少ないから案内も早いよな。

次はルリ達のために、リンゴの料理とか諸々をキッチンの保存箱へ入れる。

もちろん前に入れた料理は綺麗さっぱりなくなっていた。作り手冥利に尽きる。とても嬉しい。

「あとはギルドの名前だけど、決めるのは困難を極める」

「えぇ、そうですわねぇ。難しい問題です」

「ツグ兄ぃと愉快《ゆかい》な仲間達でも私的には良いんだけどね！」

「……それ、俺すごい嫌なんだけど」

ちょっとのんびりしてからログアウトしよう、と言うことで簡単お茶会セットみたいなやつを適当に出し、俺はリグ達の近くに座ってお菓子をあげて癒やされる。

そんなことをしていたら柱に飾り付けられた額縁を見つつ、３人が話し始めてしまう。絶対に嫌だ。

「ツグ兄ぃもシノさんも放棄《ほうき》するから、私達とルリちゃんと学校で話し合っておくね。一番合いやすいし」

「ん」

俺と愉快な仲間達とかぶっとんだ名前じゃなきゃ嫌だ、なんて言わないから是非とも4人で決めて欲しい。1時間くらいまったりして過ごしたあと、俺達はログアウトするためにギルドルームをあとに。

最近長時間ゲームをやってない気もするけど、1日が濃いからそんなことないって思うようになった。まぁいいか。

少しだけ慣れてきた人の少ない噴水前に戻ってきた俺達は、いろいろと確認をしてから、リグ達を【休眠】モードにする。

快適な環境でお休みしていただけます、って説明の文章が増えてたんだよね。いいことだ。

あとはそうだなぁ、自分達のステータスを確認してからログアウトするか。

あまり変わってないとしても、最近見てなかったし。

REAL&MAKE
リアル アンド メイク

【プレイヤー名】
ツグミ
【メイン職業／サブ】
錬金士《れんきんし》Lv 51／テイマーLv 51
【HP】1042
【MP】1967
【STR】202
【VIT】198
【DEX】317
【AGI】194
【INT】344
【WIS】319
【LUK】278
【スキル10／10】
錬金33／調合32／合成51／new 料理II 8／
ファミリー45→46／服飾44／戦わず64／
MPアップ76／VITアップ37／AGIアップ39
【控《ひか》えスキル】
シンクロ（テ）／視覚共有（テ）／魔力譲渡《じょうと》／
神の加護《かご》（2）／ステ上昇／固有技 賢者《けんじゃ》の指先／織物《おりもの》1
【装備《そうび》】
にゃんこ太刀《だち》／フード付ゴシック調コート／
冒険者の服（上下）／テイマーブーツ／
女王の飾《かざ》り毛マフラー
【テイム3／3】
リグLv 73／メイLv 82／小桜・小麦Lv 59
【クエスト達成数】
F45／E16／D3／C2
【ダンジョン攻略】
★★☆☆☆

REAL&MAKE
リアル アンド メイク

REAL&MAKE
リアル アンド メイク

【プレイヤー名】
ヒバリ
【メイン職業／サブ】
見習い天使Lv 57／ファイターLv 56
【HP】2413
【MP】1427
【STR】357
【VIT】449
【DEX】299
【AGI】302
【INT】324
【WIS】291
【LUK】338
【スキル9／10】
剣術Ⅱ43／盾術Ⅱ45／光魔法80／挑発Ⅱ18／
STRアップ72／水魔法9／MPアップ58／
INTアップ51／状態異常耐性アップ1
【控えスキル】
カウンター／シンクロ／ステータス変換／
重量増加／神の加護（2）／ステ上昇／
固有技 リトル・サンクチュアリ／HPアップ100／
VITアップ100／挑発範囲拡大
【装備】
鉄の剣／アイアンバックラー／レースとフリルの
着物ドレス／アイアンシューズ／見習い天使の羽／
レースとフリルのリボン

REAL&MAKE
リアル アンド メイク

REAL&MAKE
リアル アンド メイク

【プレイヤー名】
ヒタキ
【メイン職業／サブ】
見習い悪魔Lv52／シーフLv51
【HP】1349
【MP】1397
【STR】271
【VIT】245
【DEX】429
【AGI】371
【INT】291
【WIS】286
【LUK】303
【スキル10／10】
短剣術II 3／気配探知《たんち》81／闇魔法70／回避《かいひ》II 7／
火魔法15／MPアップ49／AGIアップ51／
罠《わな》探知48／罠解除《かいじょ》29／状態異常耐性アップ1
【控えスキル】
身軽／鎧通し／シンクロ／神の加護（2）／
木登り上達／ステ上昇／固有技 リトル・バンケット／
忍《しの》び歩き26／投擲《とうてき》39／狩猟《しゅりょう》術1／
DEXアップ100／軽業《かるわざ》
【装備】
鉄の短剣／スローイングナイフ×3／
レースとフリルの着物ドレス／鉄板が仕込まれた
レザーシューズ／見習い悪魔の羽／始まりの指輪／
レースとフリルのリボン

REAL&MAKE
リアル アンド メイク

REAL&MAKE
リアル アンド メイク

【プレイヤー名】
ミィ
【メイン職業／サブ】
グラップラー Lv 43／仔狼 Lv 42
【HP】1651
【MP】780
【STR】372
【VIT】230
【DEX】228
【AGI】290
【INT】169
【WIS】187
【LUK】247
【スキル10／10】
拳術96／受け流し72／ステップ78／
チャージ74／ラッシュ66／STRアップ73／
蹴術《しゅうじゅつ》58／HPアップ44／AGIアップ40／
WISアップ38
【控えスキル】
ステータス変換／咆哮《ほうこう》／身軽／神の加護（2）／
ステ上昇
【装備】
鉄の籠手《こて》／レースとフリルの着物ドレス／
アイアンシューズ／仔狼の耳・尻尾／
身かわしレースリボン

REAL&MAKE
リアル アンド メイク

ウインドウを開いて【ログアウト】のボタンを押すと、すぐに意識が遠くなった。

◆　◆　◆

意識の浮上と共に目を開けば団子のようになっている雲雀達の姿が映り、どうしてそうなったと1人小さく笑う。

すぐに起きだした3人に片付けを任せ、俺は冷蔵庫に仕込んでいたプリンの様子を見に行く。バイキングも行ったし買い物もしたし、ゲームもしたしいい具合に時間が経っており夜には食べられるだろう。

雲雀と鶲のクラスでは漢字の書き取りがあり、美紗ちゃんのクラスでは漢字の読み書き小テストがあるらしい。夕飯にはちょっと早すぎるので問題を出し合い、楽しく仲良く時間を潰すとのこと。

俺はその間、適当に家事でもするか。

「あ、うどんだけど夕飯の希望とかあるか？」

「うーん。つぐ兄ぃに任せれば絶対美味しいって分かるからなぁ」

「つぐ兄の味は私達にぴったりこん」

「ええと、デザートバイキングではたっぷり食べてしまったので、さっぱりしたうどんが食べたいですわ」

「それだ！」


そう言えば洗面所周りを綺麗にしたかったんだ、と思い出し行く前に雲雀達に今夜の夕飯リクエストを聞く。今はある程度お腹が膨れているだろうけど、もう少ししたらお腹が空《す》くだろうしな。育ち盛りは燃費が良いから。

俺の言葉を聞いた３人は勉強の手をピタッと止め、すぐ真剣に悩んでくれる。今回は美紗ちゃんの鶴《つる》の一声。

大事なことが決まれば俺達は各々のことに専念。一言だけ言うなら頑固な鏡のウロコ汚れが強敵だった。

最近ではいいお掃除用品とか出てるんだけど、戦いたくなるときがあるから。うん、仕方ない。

そんなことをしていると外が暗くなってきたので掃除はここまでにし、リビングへ戻れば明かりがついている。

やっぱり雲雀達は腹ぺこ３人娘となっており、俺のことを期待したキラキラ眼差しで見てきた。なのですぐ夕飯の支度を始める。

とは言っても茹でて冷たくして、麺つゆを作ったり梅干しや海苔を刻んだり、胡麻《ごま》や揚げ玉を出したりと簡単だから楽チン。

ずるずるうどんを啜《すす》りながらそう言うと、美紗ちゃんが食べていた手を止め、真剣な眼差しで俺を見た。

「つぐ兄様。できない者は、茹でることすらできません」

あ、はい。

雲雀も鶸もうんうん頷いているんだったらちょっと助けて欲しいかも。すぐそんな雰囲気もなくなり、また皆で食べ始める。少し多めに茹でちゃったかも、なんて俺の心配は皆無となった。

「バイキングも食べて夕飯もしっかり食べて、体重が気になるお年頃のおなごじゃない……。でも食べちゃう！」

「雲雀ちゃん、部活がんばろ」

「動けば消費できます。なので実質ゼロですわ！」

「うん、うん！　がんばろう！　うんうん！」

「牛乳プリンあるけど食べる人」

「「「はい！」」」

なんだかよく分からない葛藤《かっとう》を始めた3人を放っておき、俺は食べた食器類をシンクの中へ。

美紗ちゃんを送ったら洗えばいいやと、冷蔵庫の扉を開いてプリンの具合を再確認。

先ほど見たときよりもいい具合になっており、食べ頃だと判断した俺は、リビングにいる3人のところへ持っていく。

牛乳の味がしっかりとしつつ、ほのかな砂糖の甘みが優しく感じられて、自画自賛だと思うけどとても美味しい。雲雀達も美味しいと喜んでくれた。

手のひら程度の器で作ったのですぐに食べ終わり、美紗ちゃんは帰るための準備。

夕飯を食べたら帰るって、残念そうな表情で言っていたからね。俺も、美紗ちゃんに持たせるお土産《みやげ》の準備しよう。

達喜さん、今度は食べられるといいな、好物のプリン。

「じゃあ、美紗ちゃん送ってくるから」

「今日はありがとうございました、雲雀ちゃん鶲ちゃん」

「今日も楽しかった！　またね、美紗ちゃん」

「ん、楽しかった」

ズボンのポケットに家の鍵、腕にプリンの入った紙袋を持って出発。

いつも近いから送ってもらうのは悪いって言うんだけど、これは俺の特権。慕《した》ってくれる妹分を守るのは、兄貴分の役目だから奪《うば》い取らないでほしい……なんてな。

美紗ちゃんを玄関先で出迎えたのは、母親の早苗さん。俺がプリンを手渡すと、抱きつかん勢いでお礼を言われたので、美紗ちゃんの後ろに隠れさせてもらう。

ん？　あれ？　後ろでちょっと顔を出してこっち見てるのは達喜さん？　この時間いるのは珍しい。プリンありますよって少し大きい声で言ったら、表情が輝いていた。逆光《ぎゃっこう》でちょっと見づらいから、多分だけど。

少し話してから家に戻り、洗面所の前を通ったら、双子の楽しそうな声と水音が聞こえてきた。風呂だな。

俺はそのままキッチンへ行って食器を片付けた。

あとはいつも通りちょちょっと家事をして、部屋に帰る雲雀と鶲にお休みの挨拶をして、部屋に入って仕事をして、良い時間になったら切り上げ就寝する。

今日も1日お疲れさまでした。早寝早起きは健康的で大事だからな。

R&M攻略掲示板

【アットホームな】LATORI【ギルドです】part8

（主）＝ギルマス
（副）＝サブマス
（同）＝同盟ギルド

1:棒々鶏（副）
↓見守る会から転載↓
【ここは元気っ子な見習い天使ちゃんと大人しい見習い悪魔ちゃん、生産職で女顔のお兄さんを温かく見守るスレ。となります】
前スレが埋まったから立ててみた。前スレは検索で。
やって良いこと『思いの丈を叫ぶ・雑談・全力で愛でる・陰から見守る』
やって悪いこと『本人特定・過度に接触・騒ぐ・ハラスメント行為・タカリ』
紳士諸君、合言葉はハラスメント一発アウト！
代理で立てた。上記の文はなにより大事！
・
・
・

書き込む　全部　＜前100　次100＞　最新50

R&M攻略掲示板

551:黄泉の申し子

とにもかくにも、俺達は自家発電のごとくダンジョンに挑んで、戦力の底上げをしないと。見守りギルドの名折れだぜぃ。

552:NINJA（副）

>>539　とりあえず羨ましいのは分かったでござる。

553:密林三昧

犬ぞりめっちゃ楽しいー！　わんわんお！

554:氷結娘

やっぱりこのギルドのわちゃわちゃ感楽しいなぁ。しみじみ。さすが紳士淑女の皆さん方だぜ！　もち俺もな！

555:フラジール（同）

>>542　わかりみが深い。同志よ！（ガシッ）

556:わだつみ

>>546　そう、早く予約をしなければいけなかった。つまりそれは我々の敗北と言ってもいい。だが次こそは……！

書き込む　全部　<前100　次100>　最新50

R&M攻略掲示板

557:sora豆

そろそろロリっ娘ちゃん達来ないかなぁ。

558:プルプルンゼンゼンマン（主）

>>542　俺も分かる！　いいよね、歌い手。この前、六重奏の歌唱力増し増しＰＴに会った。レイドだけどね。

559:ナズナ

いまきたさんぎょ〜。

560:中井

モコモコ装備買ってリアリティ設定入れてみたんだけど、まじ寒いのなんのって。思わず宿に戻ってしまったよ。雪なんか降らない温暖な地に住む俺にはガチ無理ですた。寒冷地住み尊敬すとく。

561:白桃

>>551　お手柔らかに。柔らかに。かに、カニ、蟹？

562:iyokan

そう言えば、来月模擬《もぎ》ギルド戦あるって知ってる？

書き込む　全部　＜前100　次100＞　最新50

R&M攻略掲示板

563:こずみっくZ

氷があると南で売れるかもしれない……。その前に自分でジャムとか買って食べちゃう……。じゃあ駄目《だめ》か。

564:さろんぱ巣

>>559

まだロリっ娘ちゃん達

来てないです。

以上。

565:もけけぴろぴろ

親戚《しんせき》の子がうちのギルド知ってた……。紳士になりかけてる。俺が紳士だって言ったら大笑いされた。沼に引きずり込んでやる！　紳士はな、１匹見かけると30匹はいるんだよ！　ちなみに消すと増えます。

566:焼きそば

>>551　親切且《か》つ丁寧な指導で、どうやって戦えるようになるか教えてくれるニキほんとすこ。心が折れない。優しい。必要なとき以外は怒鳴《どな》らない。すこすこのすのこ。

書き込む　全 部　<前100　次100>　最新50

R&M攻略掲示板

567:夢野かなで

>>553　犬ぞりいいなぁ。あとで行ってみよう。詳細聞きたいからメッセ送るね。時間あったら教えてちょ。

568:ちゅーりっぷ

海に来たんだけどクジラいた！　デカかった！

569:空から餡子

ええとフェザーなんたらって空中都市、あれ行くには、天使族の知り合いがいないと無理だって。行き帰り用の呼びの虹羽根２枚は渡すから、誰かプレイヤーでもＮＰＣでも天使族いない？　門前払い《もんぜんばら》いウケる。あ、虹羽根は好きなとこに転移できる、使い切り１００円ガラガラの景品アイテムなり。もち１人用。

570:餃子

>>557　きました（こそっ）

・

・

・

603:かるぴ酢

>>592　それはひじきではありません。

書き込む　全部　＜前100　次100＞　最新50

R&M攻略掲示板

604:コンパス

いつも通りの愛しさと切なさを持って見守る。それが紳士淑女のお約束。大事なことだからね、何回も言おう。

605:sora豆

世界樹の上に行ってしまうとは……。ぐぬぬ。

606:氷結娘

森に入ったら魔物が冬眠《とうみん》してた。中立の魔物だったから放っといたけど、敵対の魔物なら奇襲《きしゅう》のチャンス？　ちょっと後味悪いかな？
でも人襲ったりするから倒す。経験値も欲しいし。てへ。

607:黄泉の申し子

>>598　通行証持ってるなら行ってほしい。
かなり安全な場所だとしてもプレイヤーが０人な訳ないし、我々の最大目的は、ロリっ娘ちゃん達に健《すこ》やかなゲームライフを送ってほしい、だし！

608:ましゅ麿

南の地方でカカオが見つかったって。期待しかない。

書き込む　全部　＜前100　次100＞　最新50

R&M攻略掲示板

609:ヨモギ餅（同）
ギルドのあれそれで南にいるんだけど、あんまプレイヤーいないな。ひとつ言うなれば、氷と雪インベントリに詰めるだけ詰めてくれば良い稼ぎになる。常夏《とこなつ》ってやつだからな。あついぞ〜。

610:中井
妖精は１回だけ餅で見かけたことある。

611:棒々鶏（副）
>>590　う〜ん。人数少ないし、戦闘職寄りの生産職の人達も多いし、ちょっと悩ましいよね。知り合いと模擬戦ならいいかも。

612:わだつみ
妖精と話してる動画見たことあるけど、めっちゃ緩《ゆる》いよね。

613:つだち
>>603　ひじきじゃなきゃワカメ？

614:魔法少女♂
とりあえずダンジョンでも行こう★★☆　魔王級☆☆★

書き込む　全部　＜前100　次100＞　最新50

R&M攻略掲示板

615:白桃

まったり過ごすかー。

616:ナズナ

>>610　もち……？　もり……？　ふぉれすと……？

617:こずみっくZ

>>608　チョコ！　早く製品化してほしい。食べたい。

618:黒うさ

機関車ギルドの人と仲良くなった。機関車談義《だんぎ》楽し過ぎる。

619:焼きそば

ロリっ娘ちゃん達を見れない紳士はただの変態や……。意味が分からないかもしれないけど、自分もさっぱり分からない。

620:もけけぴろぴろ

>>613　ワカメでもない。

621:甘党

ＮＰＣエルフはやっぱ美しい。ファンタジー最高。

・

書き込む　全 部　＜前100　次100＞　最新50

R&M攻略掲示板

・

・

689:コンパス

今頃ロリっ娘ちゃん達のきゃっきゃうふふが世界樹で行われていると思うと、成仏《じょうぶつ》しきれないぜ。

690:魔法少女♂

>>676　も、もちつけぃ★　ぺた☆ぺた★ぺた☆★☆
とりま10階層クリアー☆☆★　魔物ゲロ強☆★★

691:黒うさ

ＭＭＯだからアレだけど、ほんと泥率悪いにゃ〜。とてもつらい。

692:焼きそば

素材を集めるにしても、雪を掘り返さねばならぬのはとてもつらい。。

693:こけこっこ（同）

>>677　おいし〜い話しには理由があるんやで。

R&M攻略掲示板

694:こずみっくZ

アイス、かき氷、布教《ふきょう》して食べたい。寒いからこそ至高《しこう》。

695:ナズナ

やった！　目の前に世界樹の葉が落ちてきたぞ！　これ、周りの人に聞いたらめっちゃ幸運らしい。なかなか無いってさ。やったぜ。

696:空から餡子

我らはただいま空中都市フェザーブランにおります。お手伝いいただいたのは副マスのフレンドさん。あざっす！　空中都市は一言で言うなれば、島全体がめっちゃのほほんとしてる。おっとり系美人達の巣窟《そうくつ》と言っても過言《かごん》じゃない。なにこの癒やし空間。審査が割りと厳《きび》しいのも理解できた。守りたい、ロリの次に……！

697:もけけぴろぴろ

>>680　小さいイベントはちょこちょこ起きてるけどな。

698:iyokan

>>683　俺達に焙煎《ばいせん》だのなんだの、知識もスキルもやる気もあんまりないから無駄遣《むだづか》いになるんじゃね？　あぁでも、初回納付ぽいんよもらえるし、少し買った方が良いかもな。

書き込む　全 部　＜前100　次100＞　最新50

R&M攻略掲示板

699:白桃

滅多に妖精も精霊も下に来ないのか。ロリ幼女。

700:つだち

聖域にもお料理ギルドの手が入ってるのには笑ったよな。割りと一番動きのあるギルドかも。

701:フラジール（同）

わたしもろりっこちゃんたちとあそびたい……。

702:さろんぱ巣

見守りギルドが見守れないとは一生の不覚なりぃ。

703:中井

>>689　ロリコンニキは成仏して。

704:密林三昧

ギルメン少ないけど、とりあえずある程度散らばって活動した方が良いかもしれないね。うーん、悩ましい限り。

705:夢野かなで

>>691　ＭＭＯの宿命だにゃ～。とてもつらい（真顔）

書き込む　全部　＜前100　次100＞　最新50

R&M攻略掲示板

706:餃子

そろそろ個別活動開始かな。

707:sora豆

あ、お先にログアウトしましまー。

書き込む　全部　<前100　次100>　最新50

あとがき

この度は、拙作《せっさく》を手に取っていただきありがとうございます。

今回の目玉は、なんと言ってもクルーズ船と海の魔物による怪獣大決戦です。

ゲームの世界では、リアリティの設定を無くしているので船酔《ふなよ》いすることはありませんが、もし現実世界であったならば、３人兄妹のうち誰か1人は気分が悪くなって苦しんでいたでしょう。

仮にその不幸な目に遭《あ》いそうなキャラを決めるとしたら、誰がいいでしょうね……。

そんなふうに設定に迷った時は、私なら大抵、あみだくじの運に任せることにしています。（結構、テキトーなんです）なので、かなり意外なキャラがその対象に選ばれたりして笑ってしまうケースも……。ただここは、読者の皆様のご想像にお任せいたします。

そしてそして——！

前回に引き続き、また挿絵の話になってしまうのですが、怪獣大決戦のときのイラストが本当に好きでして。蛇のような龍のような魔物と、怒っているイカのようなタコのような魔物の壮絶《そうぜつ》な海上バトル。その様子をリグ達と一緒に顔を引きつらせながら眺めているツグミの構図の面白さがたまりません。可愛いモフモフ達を両腕に抱きかかえつつも、目の前で展開される混沌とした光景とのギャップが、とってもシュールです。

是非《ぜひ》、もう一度見ていただけますと幸いです。

そのほか、第八巻で登場した新キャラの妖精スイもお気に入りです。

挿絵をご覧《らん》の通り、薄水色の可愛いスイは水の妖精で、性格はしっかり者。妖精の中でも上の位《くらい》の彼女は、近いうちに精霊になって世界中を巡ることになるでしょう。

妖精達は他にもいますが、細かい説明は次巻のネタバレになってしまうため控えさせていただきます。小さな豆知識としては、ツグミのお料理クラブにいた無口な精霊は、世界樹界隈《かいわい》ではマイペースで有名だったりします。

まだまだ語りたいこともありますが、この辺で終わらせていただきます。

最後になりますが、この本に関わってくださった全ての皆様へ心からの感謝を申し上げます。

それでは次巻でも、皆様とお会い出来ますことを願って。

二〇二一年四月　まぐろ猫@恢猫

アルファライト文庫

この作品に対する皆様のご意見・ご感想をお待ちしております。

おハガキ・お手紙は以下の宛先にお送りください。

【宛先】

〒150-6008 東京都渋谷区恵比寿 4-20-3 恵比寿ｶﾞｰﾃﾞﾝﾌﾟﾚｲｽﾀﾜｰ 8F
(株) アルファポリス　書籍感想係

メールフォームでのご意見・ご感想は右のＱＲコードから、
あるいは以下のワードで検索をかけてください。

アルファポリス　書籍の感想　検索

ご感想はこちらから

本書は、2018 年 10 月当社より単行本として
刊行されたものを文庫化したものです。

のんびり VRMMO 記《き》 8

まぐろ猫@恢猫（まぐろねこあっとまーくかいね）

2021年 4月 30日初版発行

文庫編集－中野大樹／宮田可南子
編集長－太田鉄平
発行者－梶本雄介
発行所－株式会社アルファポリス
〒150-6008東京都渋谷区恵比寿4-20-3恵比寿ガーデンプレイスタワー8F
TEL 03-6277-1601（営業）03-6277-1602（編集）
URL https://www.alphapolis.co.jp/
発売元－株式会社星雲社（共同出版社・流通責任出版社）
〒112-0005東京都文京区水道1-3-30
TEL 03-3868-3275
装丁・本文イラスト－まろ
装丁デザイン－ansyyqdesign
印刷－株式会社暁印刷

価格はカバーに表示されてあります。

落丁乱丁の場合はアルファポリスまでご連絡ください。

送料は小社負担でお取り替えします。


ISBN978-4-434-28765-7 C0193